A CIDADE EM CHAMAS

Tente imaginar a seguinte cena:

Ariel Dorfman está em seu estúdio, às seis da manhã, recém-saído do banho, procurando um livro sobre a história da Índia. Ele abre o livro numa página dobrada. Tira os óculos, mastiga um pouquinho a haste.
Nisso, a porta abre repentinamente, e lá vem seu filho, Joaquín. Descabelado, olhos fundos, as roupas com o cheiro de seu taco de bilhar preferido. Numa mão, um disquete, na outra, um caderno repleto de anotações. Ele caminha diretamente para o computador de Ariel, imprime dez páginas e as joga para o pai.
- Vou direto para cama - diz ele.
- Você trabalhou muito bem no primeiro capítulo. Já o terceiro ficou meio pesado.
- Mas é assim que eu escrevo, meu pai - replica Joaquín.
- O que você acha de Velu, para ser o nome do vendedor de livros indiano? - pergunta Ariel. - Um rebelde famoso em Kerala. O que você acha?
- Eu acho que não tem muita garota interessada em caras do meu tipo - observa Joaquín.
- E eu acho que o capítulo três está pesado demais - insiste Ariel.
- E eu acho que o seu nariz é grande demais - Joaquín replica. - E agora vou para a cama.
- E eu vou revisar um pouco esse capítulo - diz Ariel, sorrindo.
- A gente se vê ao meio-dia - afirma Joaquín, com um sorriso geneticamente semelhante ao do pai, e se arrasta para sua própria casa, do outro lado da cidade.
Ariel suspira, apanha a caneta, o dia está amanhecendo.
Tente imaginar cenas como esta acontecendo durante várias horas por dia, todos os dias da semana, ao longo de muitos meses.

Agora, adivinhe qual dos dois ficou com a palavra final.

Título original
THE BURNING CITY
Copyright © Ariel e Joaquín Dorfman, 2003

O direito de Joaquín Emiliano Dorfman e Ariel Dorfman de serem identificados como autores desta obra foi assegurado por eles de conformidade com o *Copyright*, Designs and Patents Act 1988.
Todos os direitos reservados. Nenhuma parte desta obra pode ser reproduzida, ou transmitida por qualquer forma ou meio eletrônico ou mecânico, inclusive fotocópia, gravação ou sistema de armazenagem e recuperação de informação, sem a permissão escrita do editor.
As citações que aparecem nas páginas 78, 105 e 284-285 são provenientes de *Poems of Nazim Hikmet*, tradução inglesa de Randy Blasing Mutlu Konuk.
Copyright da tradução © 1994, 2002 *by* Randy Blasing e Mutlu Konuk.
Reproduzido com permissão de Persea Books, Inc. (Nova York)

Direitos para a língua portuguesa reservados
com exclusividade para o Brasil à
EDITORA ROCCO LTDA.
Rua Rodrigo Silva, 26 – 4º andar
20011-040 – Rio de Janeiro – RJ
Tel.: (21) 2507-2000 – Fax: (21) 2507-2244
rocco@rocco.com.br
www.rocco.com.br
Printed in Brazil/Impresso no Brasil

CIP-Brasil. Catalogação-na-fonte.
Sindicato Nacional dos Editores de Livros, RJ.
D749c
A cidade em chamas/Ariel Dorfman & Joaquín Dorfman; tradução de:Heloísa Prieto. – Rio de Janeiro: Rocco, 2005.
Tradução de: The burning city
ISBN 85-325-1875-3
1. Literatura infanto-juvenil. I. Dorfman, Joaquín.
II. Prieto, Heloísa, 1954-. III. Título.
05-0909   CDD 028.5   CDU 087.5

A CIDADE EM CHAMAS
sempre surge uma mensagem a mais

Ariel & Joaquín Dorfman

tradução
Heloisa Prieto

ROCCO
JOVENS LEITORES

Este livro é dedicado a Isabella

PRÓLOGO

Heller e sua bicicleta entraram tão rápido na Sexta Avenida que nenhum carro conseguiu avistá-los. Os gritos das pessoas, dentro dos automóveis fechados com ar-condicionado, somaram-se ao ruído estridente de freios e pneus. Para elas, Heller era uma mancha, um risco prateado, mal conseguiam discernir a figura de um adolescente sobre rodas. Mas, para Heller, cada carro estava nitidamente focado: velocidade, posição, ângulo. Levou apenas um segundo para que o garoto atravessasse a Sexta Avenida, sem que um motorista o atingisse, ou o pára-choque de um carro tocasse o outro. Foi pura coreografia, um balé instantâneo, e antes que um só motorista ou pedestre tivesse a chance de admirá-lo, Heller já tinha deslizado rumo à rua Doze.

O garoto não parou por aí. Num piscar de olhos, cruzou a Quinta Avenida, depois, ileso, rumou até a Praça da Universidade.

1h35 da tarde e já estava bem adiantado. 1h36 quase a ponto de cruzar a Praça da Universidade, Heller avistou Bruno na esquina, a poucos passos de distância, inconfundível, apesar do uniforme. O Bruno Bom de Briga.

Ambos cruzaram olhares.

Bastou um minuto para que Heller visse o distintivo, o cassetete, o revólver pendurado na cinta de Bruno. Só mais um minuto e ele conseguiria verificar se a trava de segurança estava solta. Mais um último minuto seria necessário para mudar de direção.

Desvio.

Heller desviou as rodas do meio-fio, alterou sua rota, pedalou acompanhando o trânsito até a Praça Union. Passou pelas barras e cestas de lixo nas calçadas prontas para a coleta. Passou pelos clientes do almoço no Burger King. Passou pelos Cavaleiros de Jerusalém na rua Catorze, pregando ao mundo sobre o demônio branco e o retorno à verdade. Passou pelos skatistas e vagabundos tomando o sol quente do verão, passou por tudo isso...

... As pessoas berravam à sua passagem e desviavam do caminho, os esquilos as acompanhavam numa fuga frenética em busca de segurança. Heller imprimiu mais velocidade à sua bicicleta, as pernas batendo contra os pedais. Ele poderia ter reparado num homem sentado numa mesa, repleta de livros espalhados. Ele poderia ter observado o olhar desse homem, tão calmo, no meio de toda a movimentação frenética que Heller desencadeava ao seu redor. O garoto poderia ter percebido a expressão curiosa, dançando naqueles olhos castanhos, estampada num rosto muito experiente, um leve sulco na face esquerda, como se os ossos tivessem começado a desgastar-se. Heller poderia ter visto o jeito simples do homem quando passou por ele voando.

... Mas Heller não percebeu nada. Embora esse mesmo homem, sem sombra de dúvida, tivesse reparado em Heller.

Zapt, lá ficou ele olhando quando Heller sumiu pelo parque, atravessou uma corrente de carros que se deslocavam em mão dupla, virou numa esquina, por pouco não derrubou um bando de turistas que se sentiram com muita sorte por terem evitado um acidente. Heller sabia que jamais provocaria um acidente e que isso não tinha nada a ver com sorte... Todos os turistas viram quando o garoto lhes deu as costas, um menino de bicicleta, camiseta preta com as palavras MENSAGENS PERSONALIZADAS impressas em letras amistosas, na cor azul-claro.

Agora, a curva já bem para trás, Heller tomou a direção sul, rumo ao mercado St. Mark, virando à esquerda.

O sol se punha e sua luminosidade gerava sombras por toda parte. Heller cortou as sombras com sua bicicleta, a própria silhueta refletindo-se nas lojas de tatuagens, sebos de cds, passando pelo Clube Coney Island, passando pelos mendigos e punks que se preparavam para vagabundear no fim de semana, atravessou Alphabet City, o bairro parecia meio embaçado e os preços nas lojas caíam assim como as expectativas.

Heller chegou.

O braço direito tenso, brecou a bicicleta.

Totalmente.

Bem ali, na avenida B.

Saltou da bicicleta, acionou seu relógio digital.

Conferiu o tempo.

– Treze minutos, cinqüenta e dois segundos – sussurrou para si mesmo. – Que imbecil, o Bruno.

No futuro, teria que melhorar seu tempo.

Quase de repente, as ruas esvaziaram. Poucos carros, um ou outro dono de boteco parado na rua, esperando pela hora de abrir as portas. Fora isso, silêncio. Parecia que os pássaros tinham sumido em busca de outra cidade mais acolhedora.

Heller acorrentou a bicicleta numa placa de Proibido Estacionar. Enfiou a mão no bolso e tirou dele um cartão de um verde suspeito, claro demais...

... 4x8 ...

Heller repassou os detalhes.

A expressão de seu rosto suavizou-se. O garoto caminhou na direção do prédio de apartamentos à sua frente, subitamente alerta a outras coisas que não o movimento ou velocidade. Decidido e controlado, porque a realidade repentinamente retornara ao seu mundo.

O cartão não continha o número do apartamento. Às vezes, isso acontecia, devido a um erro do cliente ou do escritório. Heller verificou os botões de campainha na porta de fora, procurando um nome específico, um endereço.

Metade das campainhas não trazia nomes.

Heller ficou procurando o nome mais um pouco, o silêncio, no meio daquela cidade geralmente barulhenta, parecia crescer ao seu redor.

A porta do prédio abriu inesperadamente. Um senhor de meia-idade, de bigodes, ficou parado na porta, com um jeito de quem tinha ensaiado a cena. Era um síndico, com certeza.

– Posso ajudá-lo, garoto?

A pergunta parecia retórica.

– Estou procurando o senhor Benjamin Ibo, por favor.

O síndico examinou Heller cuidadosamente, sentindo que havia algo de errado.

– Ele está esperando você?

– Não.

O síndico balançou a cabeça, com tristeza.

– Suba três andares, vire à esquerda, é no apartamento trinta e cinco.

– Obrigado.

Heller subiu as escadas, preparando-se para o primeiro encontro do dia. A cada andar, era como se fosse deixando cair uma camada de si mesmo pelas escadas empoeiradas.

APTO Nº 35.

Heller bateu na porta, três vezes. Aguardou.

Atrás da porta, na sala, um cão latiu, arranhando a madeira. A porta se abriu e um homem de cinqüenta anos, cabelos grisalhos e oleosos, olhos grandes, colocou a cabeça para fora, segurando um galgo ao seu lado.

– O que é que você quer? – ele perguntou irritado. – O que você está fazendo aqui na MINHA CASA?

– Vim ver o senhor Benjamin Ibo – Heller respondeu calmamente.

– Foi o que imaginei! – declarou o homem triunfante antes de bater a porta com força.

A paz voltou a reinar no corredor. Heller suava, um cheiro estragado pairava no ar, grudando nele. Finalmente, Benjamin Ibo respondeu à suas batidas.

Heller sabia, pelo cartão, que Benjamin Ibo era nigeriano. Vinte e poucos anos. Heller não precisava de nenhum tipo de estatística para saber que Benjamin era um homem muito viajado. Ele podia ver isso nos olhos dele, quase sempre encontrava esse olhar nas pessoas que visitava.

Benjamin Ibo ficou parado diante dele, apoiando-se na soleira da porta, mantendo uma mão sobre a maçaneta. O rosto majestoso e escuro, olhos castanhos que combinavam com a pele, camiseta esportiva verde jogada no corpo.

Bermudas cinza de boxeador.

Nenhum dos dois falou. Finalmente:

– O que está acontecendo, então? – perguntou Benjamin.

Heller respirou fundo:

– É uma mensagem personalizada.

Benjamin já sabia, provavelmente intuíra logo que despertara. Ele fez que sim com a cabeça, deixou que Heller entrasse no apartamento e fechou a porta...

... A tranca fechou sozinha.

CAPÍTULO 1

Heller pensou que o mundo inteiro fosse derreter naquele verão. Era Quatro de Julho e a cidade inteira suava. O suor escorria pelas ruas, prédios, torneiras; até mesmo o rio Hudson soltava gritos ouvidos a grande distância, implorando por uma bebida, algo que o refrescasse. As rádios anunciavam esse clima estranho. Casais adormecidos despertavam para enfrentar ruas úmidas. Operários caminhavam sem camisa, passando por corretores que soltavam suas gravatas sentindo uma inveja silenciosa. Turistas reclamavam, vendedores de sorvete sorriam, e o mercúrio subia sem parar dentro de termômetros exaustos.

Heller Highland via tudo isso e aquilo que não conseguia enxergar, simplesmente adivinhava. As férias tinham começado a pouco mais de um mês. Ele se sentou no terraço de seu prédio e fitou o céu, na direção sudeste. Copo d'água na mão esquerda, o gelo quase todo derretido, no frescor do entardecer, as luzes dos aviões passavam por ele, pela direita, pela esquerda, as moscas do século vinte...

Século vinte e um, Heller corrigiu-se em silêncio. *Estamos no ano dois mil e um; século vinte e um...*

... Tomou um gole d'água. Aguardou pelo primeiro estouro dos fogos de artifício.

Dia da Independência.

Na mão direita, nada de bandeira americana. Apenas um telegrama. Nada de vermelho, branco e azul. Só uma mensagem gravada em relevo, com letras elegantes, num cartão de um verde suspeito, claro demais; 4x8. Heller mal tinha consciência de que o segurava. O garoto ficava só olhando para o céu. O eterno horizonte da cidade de Manhattan. Os ruídos da cidade lhe faziam companhia. Os barulhos remotos de trânsito, pedestres e zunidos de milhares de aparelhos de ar-condicionado e ventiladores, todos no mesmo tom.

Uma brisa conseguiu penetrar na cidade e os cabelos loiros de Heller balançaram, gratos. Heller sorriu. Parou. Sorriu novamente, parou, sorriu, mordeu os lábios e parou. Mais alguns segundos para o vento desaparecer, deixando Heller em sua cadeira, no terraço, nesta cidade de milhões de habitantes.

– O show de fogos está demorando para começar – disse uma voz atrás do garoto.

Heller não se virou.

– Daqui a pouco começa, eu tenho certeza.

Era seu avô, Eric, que se aproximou e ficou parado de pé, ao lado, olhando para o neto.

– É um telegrama?

– É.

– Da sua agência de mensagens?

– É.

– Eu pensei que você tinha tirado o dia de folga.

— É dos meus pais.
— É mesmo? E o que eles dizem?
— Eu ainda não li.
Eric ficou quieto, pensando. Então:
— Logo eles estarão de volta...
— Bem que eu queria...
O avô forçou uma risadinha.
— Do jeito que você fala, parece até que eles morreram.
— Não é isso – disse Heller –, é que eu sei muito bem como a coisa funciona com eles.
Ambos olharam para o céu. Uma sirene de ambulância berrou à distância. Heller se perguntou se era uma emergência. Pensou num telefonema às três da manhã. Pensou numa família aguardando notícias a milhares de quilômetros. Pensou demais.
— Você viu a Silvia hoje? – perguntou Eric.
— Dei uma parada no café – Heller disse cauteloso. – Ela estava por lá.
— Quando é que vou conhecê-la?
— Logo.
— Eu sei que sua avó espera por isso há muito tempo... Heller?
— Eu sei como ela se sente...
— Heller? – Eric repetiu, com uma voz suave agora.
— O quê?
— Nós deveríamos comemorar a data de hoje de algum jeito, você sabe...
— Eu gosto de comemorar assim.

— Você está feliz morando comigo e com sua avó?

— Estou sim.

— Tem certeza?

— Você sabe que estou gostando.

— Seus pais estão ótimos, eu garanto.

— Agora sim, *você* me deu a impressão de que eles morreram.

— Eu não acho que você esteja me ouvindo direito.

Uma explosão dividiu a noite em duas, e uma rajada de luz vermelha, quente, iluminou o ar. Heller saltou sem querer. Mais três segundos e a noite inteira estava cheia de milhares de luzes, imitando estrelas, fogos de artifício espelhando-se nas janelas dos apartamentos e prédios comerciais.

— Pronto, começou — Eric disse.

— Uau.

— Feliz dia da independência, Heller.

O garoto concordou com a cabeça.

— Vou chamar a sua avó.

Heller ouviu o ruído dos passos de seu avô em direção à escada. O céu pipocava cada vez mais e Heller sentiu que o sorriso voltava e mordeu os lábios.

— Eric?

Os passos pararam. Doze fogos de artifício foram soltos ao mesmo tempo.

— Meus pais disseram que estão bem...

— O quê?

Heller limpou a garganta.

— Feliz dia da independência.

A CIDADE EM CHAMAS

Ele não conseguia enxergar o avô, mas sentia que ele balançava a cabeça enquanto dizia:

– Feliz aniversário, Heller, agora você tem dezesseis anos...

As fitas luminosas caíram em cascata sobre a cidade. A cada estouro o céu despencava sobre Heller e o resto do país. O mundo parecia encolher, os verões ficavam cada vez mais quentes e, apesar dos aparelhos de ar-condicionado, a cidade continuava a suar.

Heller levou o copo d'água aos lábios e percebeu que estava vazio.

O mundo inteiro ia derreter naquele verão.

Na cabeça de Heller, isso já era uma certeza.

CAPÍTULO 2

Heller desceu pela rua Lafayette e entrou na Kenmare de uma vez só. Acorrentou a bicicleta no sinal de PROIBIDO ESTACIONAR, de sempre. Eram quase nove da manhã e ele já suava; o sol não tinha nenhuma intenção de dar um descanso. Heller bebeu um gole grande de água e, em seguida, fez um carinho no assento de sua bicicleta.

As ruas estavam lotadas, trabalhadores e turistas passando entre carrocinhas de cachorro-quente e faixas de construção para pedestres. Heller caminhou em direção leste, cruzou com um grupo de estudantes de sua escola. Três garotas, um cara. Passaram por ele sem reconhecê-lo e Heller ouviu quando um deles disse: – Você ganha mais canais com o pacote do satélite... – Antes que seus sorrisos fossem engolidos pela multidão.

Heller deteve-se, olhou ao seu redor rapidamente, depois andou até a porta de metal de número 1251.

Estava na hora de começar a trabalhar.

Heller Highland sabia muito pouco sobre o resto dos funcionários da Agência de Notícias. Alguns estavam na faculdade, outros não; um diploma era quase obrigatório nesse emprego.

Alguns funcionários eram de Nova York, a maioria, imigrante; falar um segundo idioma era quase uma necessidade na firma. Um grupo seleto trabalhava meio período, o restante, período integral; todos deveriam usar patins para locomoção. Heller não preenchia nenhum desses requisitos. Todos os outros funcionários, sim, e faziam questão de que Heller nunca se esquecesse disso:

– Olha só, lá vem ele, o ladrão de bicicletas!

Heller entrou nos escritórios centrais da firma e instantaneamente reconheceu a voz de Rich Phillips. Nem sequer precisou virar-se para conseguir visualizar os olhos maliciosos, sorridentes, encobertos pelo cabelo castanho-claro. Rich Phillips era funcionário sênior, tinha vinte e dois anos, o mais velho de todos os mensageiros. Ele era o exemplo para o resto da equipe e nunca perdia a chance de bancar o empregado modelo diante do garoto.

Heller tentou sair da sala o mais rapidamente possível, mas Rich sempre aparecia antes que ele conseguisse escapar, os patins pendurados nos ombros. O resto da equipe os cercou para assistir a cena:

– Feliz Aniversário, Heller – disse Rich. – Você ganhou uma chupeta nova?

A sala encheu-se de gargalhadas.

– ... Não.

– O que foi que você ganhou da namorada, Heller? – disse uma voz no meio do grupo.

– Eu acho que o Heller já está bem grandinho para ficar brincando de faz-de-conta – Rich anunciou, recebendo muitos aplausos da parte dos outros funcionários. Depois, voltando-se para Heller: – Sem chupeta, nem namorada, como foi que você festejou o seu feriado?

Heller grudou os olhos no chão.

– Ah, tá certo, você recebeu um telegrama, não foi? Como estão seus pais?

– Bem.

– Papai e mamãe ainda estão se divertindo na África?

– Acho que sim.

– Bom, adivinhe o quê?

Heller não respondeu.

Rich endireitou-se fazendo pose de quem tem muita autoridade.

– Dimitri quer que você vá para o escritório dele, agora!

– Richard?

Todos se viraram para dar com Iggy Platonov sentado em sua mesa, de pernas para o ar, folheando um maço de pedacinhos de papel colorido. Ele ostentava uma atitude desinteressada como se fosse uma jaqueta da moda. Mesmo tendo apenas alguns anos a mais que Heller, de algum modo, ele aparentava ter uns trinta e era fácil para o resto do grupo esquecer que não havia dez anos de diferença entre eles e Iggy.

– Iggy – Rich perdeu um pouco a pose –, eu não vi que você estava por aí.

Iggy deu de ombros.

– Eu tenho um dom para essas coisas. Isso se chama o dom do Gerente Geral. E juntamente com esse dom, é minha função de gerente repassar as ordens de Dimitri. Não é pra você ficar fazendo isso, Rich.

Rich concordou com a cabeça, impassível.

– E quanto a vocês todos, podem ir parando de encher o Heller com esse negócio de namorada. Ele tem uma garota. O nome dela é Silvia. Ela trabalha numa lanchonete chamada Pão & Companhia, e é um arraso de linda. Então, se o Heller não sai por aí contando vantagem pra vocês, seus pervertidos, isso não quer dizer que ele não tenha pra onde ir.

Uma estranha onda de orgulho fraternal estampou-se no rosto de Rich.

– Tudo bem, Casanova. – Ele ergueu as mãos ao ar, afastando-se de Heller. – Bem que eu queria conhecer essa sua namorada... Você está me entendendo, certo?

Heller limpou a garganta. Olhou ao redor em busca de ajuda. Ninguém disse nada.

Um ruído alto, vindo do computador de Iggy, pontuou o silêncio.

– Tudo bem, Richard... – Iggy sentou-se, bancando o homem de negócio. – Eu conheço uma garota em Dubai, e duas gêmeas em Belarus. Nossos novos pontos de Internet aumentaram nosso mercado externo e a população parece crescer de minuto em minuto, então, por hoje, você fica com o serviço dos recém-nascidos. Preencha seu relatório matinal e prepare-se para trabalhar.

Richard fez cara feia, como se fosse reclamar.

– Garland! – disse Iggy para um mensageiro calado, invisível no meio daquela multidão. – Está passando um tufão na Tailândia. Heller vai se atrasar um pouco, por isso eu quero que você leve essa notícia.

— Notícia ruim não é comigo, não – o protesto veio do fundo da sala. – O nosso anjo da morte é o Heller, eu não!

— É só uma mensagem, Garland. Logo eu coloco você de volta às notícias de casamento e promoções... Tudo bem? Não se ouviu mais queixa.

— Tudo bem, pessoal! – Iggy bateu palmas três vezes. – Andem, andem!

De repente, o escritório transformou-se numa espécie de estação central de trens. Uma mistura de vozes e movimentos, muita conversa sobre agendas e compromissos no meio de uma atividade desordenada. Telefones, fax, impressoras, recibos passando de mão em mão. E assim seria pelo resto da manhã.

Um aviãozinho de papel voou perto do rosto de Heller. Ele se virou e deu com o olhar de Iggy, brincalhão e acusador ao mesmo tempo.

— Heller, eu não estou vendo seus patins – os olhos de Iggy ficaram sérios, a voz firme. – Meu pai quer que você vá até o escritório dele, agora.

Heller concordou com a cabeça. Arrastou-se até a porta do fundo, passando pelas fileiras de escrivaninhas, telefones e computadores. Ele sentia o olhar de todos, os sorrisos dos colegas mesmo estando ocupados com as ordens do dia. Mordeu o lábio. Esticou a mão e virou a maçaneta, entrou na sala e fechou a porta.

CAPÍTULO 3

O nome estava gravado numa placa que ficava na frente da escrivaninha. Heller ficou pensando o porquê daquela placa; Dimitri Platonov era o patrão. Criador e chefe da Agência de Mensagens Personalizadas. Os empregados sabiam disso. Todo mundo do lado de fora da sala já sabia disso, caso contrário eles não estariam trabalhando na firma. Dimitri Platonov era obviamente o nome do patrão de Heller, obviamente o dono da agência e era óbvio também que ele não estava nada contente em falar com Heller naquela manhã.

– Heller – seu sotaque russo era leve e o tom da voz, grave.
– Senhor Highland, sente-se.

Heller obedeceu e sentou-se. Depois aguardou.

Dimitri era bem forte, com feições de cachorro buldogue. A personalidade dele combinava com a cara, é o que diziam todos. Sobrancelhas espessas como o seu bigode, o rosto talhado na pedra. Era um homem de negócios. Vestia o terno como se tivesse nascido com ele. Uma vez contaram a Heller que Dimitri fora visto chorando. Lágrimas silenciosas, tarde da noite, quando quase ninguém estava por perto.

Heller limpou a garganta. Dimitri limpou a sua, debruçou-se sobre a mesa.
– Feliz aniversário, Heller.
Heller agradeceu com a cabeça.
– Seus pais queriam que eu lhes garantisse que você receberia seu telegrama de aniversário... Você gostou de receber notícias deles?
– Gostei.
– Eles são boa gente.
Heller concordou com a cabeça.
– Você sabe o que eu fiz ontem à noite?
Heller fez que não com a cabeça.
O escritório estava em silêncio, as prateleiras repletas de itens do catálogo de compras por reembolso postal. Bonecas, xícaras decorativas e pratos com a estampa de Elvis Presley os observavam, calados.
– Instalei TV a cabo...
... Dimitri apanhou o controle remoto e o apontou para a tela achatada da TV que ficava do outro lado da sala. Ele a ligou. Rambo metralhava um campo vietnamita.
– No pacote que eles me deram, tem a HBO 1, HBO 2 e 3. O canal Showtime, Cinemax 1, 2 e 3. O canal de filmes...
– Ele zapeava o tempo todo enquanto falava: – comercial de cosméticos, bombas em Israel, Jerry Springer... – Eu tenho o canal de ficção científica. O canal de comédias. MTV, M2, VH1, ESPN, ESPN 2, ESPN clássicos. Também o canal para mulheres, o Lifetime, que eu acho que também deve ser para mulheres, e os novos canais. Tenho o CNN, CNNSI, MSG,

MSNBC, Fox news, isso sem falar nos documentários e nas notícias locais. A cobertura é 24 horas em todos os países. Eu posso ficar ligado nas notícias do mundo todo, Heller... Ele passou por um comercial de seguros, outro de carros, outro de remédios antidepressivos. Bob Sagat contando que um dos gêmeos Olson não tinha medo de ir ao dentista, que tudo ia dar certo.

– Se eu perco um jornal pela manhã, posso vê-lo três horas depois, no horário do Pacífico. E se eu preciso sair do escritório no meio de uma matéria inédita, eu posso realmente *congelar a imagem*...

Dimitri apertou o botão do controle remoto e a tela, de fato, congelou a imagem de um videoclipe na MTV, com cinco cantores de blues cheios de jóias e roupas de grife, debruçados sobre o projeto de uma casa. Dimitri fitou a tela, sem dizer nada. Heller mexeu-se na cadeira e preparou-se para falar. Dimitri levantou a mão, indicando-lhe que esperasse. Heller aguardou.

Finalmente, Dimitri voltou a zapear o controle remoto, continuando a falar:

– E assim, posso voltar à matéria que deixei congelada sem perder nada. Não é impressionante?

– Com o satélite dá pra pegar mais canais – disse Heller, calmo.

Dimitri franziu a testa, desligou a televisão e inclinou-se de braços cruzados.

– Recebi outro telefonema do departamento de polícia, Heller. Eu lhes disse que não queria nem saber, mas eles insistiram em me contar. Portanto, por favor, diga agora: por que foi que você achou que era uma boa idéia cortar caminho pelo prédio da Warner Brothers no horário de pico do trânsito?

Heller ficou sentado, mudo e imóvel.

– Muitas pessoas quase se machucaram tentando desviar de você. Um executivo muito importante a caminho de uma reunião ainda mais importante derramou uma xícara de café na roupa. Sorte que ninguém saiu ferido e que o café não chegou a queimar o homem. Mas... o que será que você tinha na cabeça, Heller?

– Eu tinha que ganhar tempo... – a voz de Heller era quase inaudível por causa do zumbido do ar-condicionado. – Nós nunca enviamos mensagens para o centro, mas os escritórios estavam precisando da gente, então eu tinha que andar rápido. Cheguei três minutos antes da hora e isso me deu tempo de pegar outro serviço.

– Heller, você não é motorista de ambulância. Não dá pra carregar o mundo de bicicleta. Ciclistas são um perigo para pedestres. É por isso que imploro aos meus funcionários que andem de patins. Agora, chega de fazer besteira, Heller, quando é que você vai se livrar da bicicleta e comprar um par de patins?

– Eu comprei os patins...

– Há dois meses, Heller. Eu espero que você vá usá-los...

– Eles foram roubados.

– Compre outro par.

– Não tenho dinheiro.

– Para comprar patins?

— Se eu comprar um par de patins, vou precisar de luvas, joelheiras e um capacete...
— E eu não te pago um salário?
— Estou economizando...
— E você então não almoça, nem toma cafezinho, nem troca o freio da bicicleta?
— Mas, tudo isso eu preciso fazer.
— Você precisa é de patins. Eu poderia facilmente comprar um par de patins e descontar do seu salário, mas isso eu não faço. Você sabe o que seu pai pensa sobre justiça social e você sabe também que devo muitos favores a ele.
— Meu pai está muito longe daqui...
— Leningrado também estava longe... Quando cheguei neste país, eu não tinha ninguém; amigos, família ou namorada, ninguém que quisesse me dar uma xícara de café, isso eu posso dizer a você. Agora, tenho meu negócio em Manhattan, com filiais no bairro de Queens, Brooklyn e Long Island, além de um site que recebe milhares de solicitações diariamente. Tenho um apartamento num bairro bom, perto do Central Park. Tenho uma BMW, um personal trainer e uma TV a cabo que consegue pegar mais de cento e cinqüenta canais. Você nasceu na América, Heller, e você não dá valor ao fato de que você tem dinheiro pra comprar patins.

Heller abriu a boca, depois a fechou de novo. Olhou rapidamente para o relógio na parede.

9:17.

O telefone de Dimitri tocou; uma, duas, três vezes antes que ele o atendesse.

– Agência de Mensagens Personalizadas; aqui, quem fala é Dimitri Platonov... – Um minuto de escuta. Dimitri olhou para Heller, aguardou mais alguns segundos, depois, calmamente apertou o botão do fone. A voz de uma velha portoriquenha encheu a sala.

– ... quando ele me deu a mensagem, foi tão gentil, educado e prestativo. Acho que não teria aceitado a notícia da morte do meu sobrinho se ele não tivesse sido tão compreensivo. Eu só queria ter certeza de que você sabia que o garoto tem ótimo coração e que se ele ainda não foi promovido, deveria ser...

Dimitri manteve os olhos pregados em Heller.

– A senhora sabe como se chama o menino?

– Eu escrevi o nome dele, mas agora não consigo encontrar o papelzinho. Minha casa está uma bagunça daquelas...

– Seria Heller?

– Oh, sim! – disse a voz do outro lado da linha, com muito afeto. – Ele se chama Heller.

– É esse mesmo.

Heller sorriu, mordeu o lábio, parou de sorrir.

– Pode deixar que ele vai receber seu recado – Dimitri afirmou. – Até logo, minha senhora.

– Ele é um jovem que tem consideração com os outros, um bom ouvinte. Eu me senti como se pudesse ficar falando, falando e falando...

– Vou me certificar pessoalmente de que ele receberá sua mensagem. E, da próxima vez que precisar usar os nossos serviço, lembre-se de indicá-lo. Até logo, minha senhora.

Dimitri desligou o telefone, olhou por sobre a mesa, suspirando. Pegou o controle remoto e contemplou o pequeno objeto. Depois:

— Você sabe fazer o seu serviço muito bem, Heller. Você só ganhou esse emprego porque eu devia favores aos seus pais. Mas, para ser sincero, nunca pensei que você fosse durar uma semana aqui. Acontece que você sabe lidar muito bem com tragédias. Eu não sei o porquê, mas para cada reclamação da polícia, recebo uns vinte telefonemas de fregueses gratos a você... Heller, você é definitivamente filho do seu pai.

Heller fitou o chão.

— Mas, você ainda está trabalhando para mim, e preciso levar em conta que, mais cedo ou mais tarde, sua reputação nas ruas vai entrar em choque com sua fama como funcionário da Agência de Mensagens Personalizadas. Eu não quero que isso aconteça, estou tentando fazer você cair na real...

Heller levantou a cabeça.

— Se eu receber mais reclamações de que você e essa sua bicicleta machucaram alguém, será despedido. Você tem até a próxima terça para comprar um par de patins. Eu quero você de patins. Eu quero você de joelheira. Eu quero você de luvas. Eu quero você longe daquela bicicleta, Heller. Já está na hora de você ser como o resto da equipe da agência... Tudo bem?

Heller fez que sim com a cabeça.

— Tudo bem, vá trabalhar. Iggy já está com seu primeiro serviço do dia.

Heller levantou-se, caminhou até a porta. A voz de Dimitri o deteve e ele ficou parado com a mão na maçaneta:

— Heller...

O garoto virou-se e viu que Dimitri tinha voltado a surfar pelos canais de televisão.

— ... Beba muita água, fique hidratado. Vai fazer muito calor esta semana.

— OK.

— Feche a porta quando sair.

Heller obedeceu.

De volta ao escritório, Heller foi recebido com risadinhas cínicas e olhares provocativos espalhados na turbulência que era o trabalho na agência de notícias. Ele ficou parado e sentiu que a ameaça feita por Dimitri derramava-se pela sala, como se conseguisse alcançar cada cantinho, escorresse de volta para ele, fazendo com que seu corpo pesasse feito chumbo. Os olhos do garoto percorreram cada rosto, os sorrisos irônicos lembrando-o dos tempos do refeitório na escola.

Heller flagrou Rich observando-o à distância, de cara feia.

Ele caminhou até a escrivaninha de Iggy.

Era como patinar na bosta.

— Uma semana, Heller — disse Iggy, entregando-lhe alguns cartões verdes e recibos.

— Patins — respondeu Heller.

Iggy concordou. Heller caminhou na direção da porta, onde Rich estava parado, fumando um cigarro, os patins jogados sobre os ombros. E quando Heller passou por ele, Rich voltou e caminhou ao seu lado, rumo às escadas cavernosas do piso térreo do 1251, rua Kenmare. Ambos desceram em silêncio até a porta da frente, para depois ganhar a rua.

O calor repentino, trânsito e movimento atordoaram Heller. Rich ficou parado ao lado dele, calmo, imóvel, deu a última tragada no cigarro e o esmagou com o pé, na calçada.

– Mais um dia de morte e tristeza – disse ele.

Heller pegou a direção norte, sem fôlego, o coração batendo duas vezes mais rápido do que o normal.

– Você gosta do seu trabalho, não é, Heller? – Rich dizia caminhando atrás dele.

Heller parou. Não se virou, ficando perfeitamente imóvel.

– Antes, eu me divertia, ciclista – disse Rich –, espero voltar à minha antiga rota depois que você for mandado embora.

Heller continuou a caminhar, desviou para a esquerda e direita, pequenino e insignificante, num mundo preocupado com coisas bem mais importantes. As palavras de Dimitri ficavam zunindo na sua cabeça. Os anúncios e luminosos ofereciam as últimas novidades de tudo o que uma pessoa pudesse desejar. Táxis e ônibus cheios de anúncios de filmes, comerciais de perfume e empresas virtuais.

A bicicleta o aguardava. Heller ficou de joelhos, abriu o cadeado, o suor escorrendo pelas mãos, pela testa, até alcançar os olhos.

Soltou a corrente e a prendeu em volta do selim.

A cidade o oprimia.

Heller montou na bicicleta, soltou um grito ensurdecedor e pedalou, lançando-se contra o trânsito que vinha ao seu encontro.

Eram 9:30h, hora de começar a trabalhar.

33

CAPÍTULO 4

Heller avistou o táxi aproximando-se, ouviu a buzina tocando, mas não permitiu que isso o perturbasse.

– VOCÊ VAI DESVIAR PRIMEIRO! – gritou.

Era verdade. O táxi desviaria primeiro porque o motorista pensou que, em três segundos, atropelaria o menino, mas Heller sabia que isso levaria um segundo a mais.

O táxi desviou, quase batendo numa lata de lixo. Heller escapou do pára-choque do táxi por um triz, uma alegria louca circulando dentro dele. O aperto no peito sumiu, evaporando-se com qualquer outra apreensão sobre o destino da cidade.

Heller virou na rua Lafayette, avistou uma longa faixa de calçadas desertas do outro lado da rua e cortou o trânsito, avançou no meio-fio, passando direto na frente de um funcionário da agência.

Garland Green. Os olhos azuis estreitaram-se, brilhando intensamente, metálicos, como os fios entrelaçados no seu aparelho dental. Garland impulsionou os patins, aumentando a velocidade para ultrapassar Heller, obviamente satisfeito em levar a mensagem que deveria ter sido confiada ao colega, como primeira entrega do dia. Heller sabia que Garland não tinha a menor chance. Bateu os olhos numa treinadora de cães; uma loira com roupa de ginástica, levando nas mãos umas sete coleiras diferentes. Heller passou voando por ela, incitando os cachorros com som de latidos, deixando pingos de saliva voando no ar. Os cães reagiram à passagem do ciclista declarando-lhe guerra, escaparam das mãos da loira e saíram perseguindo Heller e Garland.

Heller levantou-se apoiado nos pedais, aumentando a velocidade. Um ônibus de excursão desacelerou e os turistas assistiram a esse espetáculo nova-iorquino, tirando fotos com suas câmeras descartáveis. Heller deteve-se um minuto para sorrir e acenar-lhes antes de reparar no fluxo de trânsito rápido, em direção ao oeste.

No momento em que os cães estavam quase ultrapassando sua bicicleta, Heller virou-se para acompanhar o fluxo, agarrou-se na janela aberta de um carro em alta velocidade, parou de pedalar, usando o movimento do veículo para que os tijolos e saídas de incêndio se fundissem numa mancha maciça. Olhou por cima dos ombros e viu Garland cercado de pessoas espantadas, meladas de baba de cachorro, cercadas por um coro de latidos.

Heller agarrou-se bem ao veículo, olhando para dentro dele. O motorista era um jovem com cabelo penteado para trás, óculos escuros caros no rosto de feições bem delineadas, italianas. Heller reparou quando ele balançou a cabeça ao ritmo do baixo de uma canção, as letras gritadas por um cantor que falava de revólveres, drogas e dinheiro.

– ANDA! – Heller gritou ao motorista –, você pode ir mais rápido!

O motorista virou-se para o garoto, perdendo a calma imediatamente:

– O que é que é isso?
– CORRE MAIS, CARA!
– O QUE É QUE VOCÊ ESTÁ FAZENDO AÍ?

Heller soltou uma gargalhada sonora, eco de um grito de guerra que balançava seu corpo.

– SOLTA DAÍ, CARA! – o motorista berrou.
– PRIMEIRO VOCÊ!
– O QUÊ?
– ANDA, CARA! – Heller o instigou enquanto o carro aumentava a velocidade. – NÓS FORMAMOS UM TIMÃO!
– ESSE É O CARRO PREFERIDO DO MEU PAI, CARA, SOLTA DAÍ!
– SINAL VERMELHO!

O motorista virou a cabeça em direção à avenida e gritou. Pisou no breque com os dois pés.

O carro parou, soltando um guincho.

Heller, não.

O garoto e sua bicicleta foram direto para o cruzamento, driblando o trânsito da avenida Broadway, braços abertos, olhos fechados. Milhares de sons o cercavam e no minuto seguinte, ele estava em segurança, virando à direita, abandonando o trânsito parado.

O garoto enfiou a roda dianteira na calçada. Estudantes se reuniam fora da Escola de Cinema, discutindo o último filme de Kevin Smith. Heller pedalou mais forte, disparando sua fiel bicicleta. Os estudantes tiveram menos que um segundo para gritar e saltar fora da calçada. Heller atravessou o grupo de jovens artistas que vinham caminhando em sua direção, um novo sorriso se espalhou no seu rosto com tanta rapidez que suas bochechas doeram um pouco.

A dor era boa. Gratificante.

Heller dobrou à esquerda. A bicicleta fez uma inclinação de quarenta e cinco graus, um desafio à gravidade, depois se endireitou quando deslizou entre dois carros perto da praça Waverly, desviando de um carrinho de cachorro-quente parado no fim da rua.

O garoto não tinha a intenção de atravessar o parque – o endereço que ele precisava encontrar ficava na rua Christopher e passar pela praça Washington o atrasaria em quase trinta segundos. Mas então, no canto dos olhos, ele os viu: um casal juntinho, de braços dados, beijando-se na boca, parados num canto ensolarado da entrada do parque.

Contentes. Felizes. Perfeitos.

O relógio de Heller lhe dizia que ele teria um minuto inteiro de sobra em seu trajeto.

Ele soltou outro grito, cortou pela esquerda. O casal não o viu aproximando-se, não reparou quando ele passou, tão perto que Heller poderia ter acariciado os cabelos da menina rapidamente. O casal só sentiu uma suave brisa voar por seus cabelos e uma sensação de que algo estava acontecendo. Ambos abriram os olhos, sorrindo.

Heller voou pelo caminho pontilhado por bancos que levava ao centro do parque. A luz solar atravessava as árvores, e o vento roçava seu rosto enquanto os pombos se espalhavam. Um velho de terno gasto e cachecol branco ergueu os olhos de seu copo e levantou as mãos:

– Oi, ciclista! – ele cumprimentou. – Mostre pra eles como é voar de verdade, seu maluco! BOA VIAGEM!

– A UMA BOA VIAGEM! – Heller gritou por cima dos ombros.

O mundo estava voltando à vida e Heller prosseguia. Passou pela estátua de Garibaldi, adentrando a praça quadrada do parque, onde se alojavam os malabaristas, os alunos, vagabundos, pregadores, famílias, traficantes de drogas e músicos.

– O ciclista! – anunciou um dos malabaristas.

– O ciclista! – disse o coro formado por alguns bateristas sentados perto da fonte, vestindo camisetas compridas como se fossem túnicas. – Por onde você tem andado?

– Sai da bicicleta, seu idiota!

– Boa viagem, ciclista!

As gargalhadas e cumprimentos misturados com brincadeiras rapidamente se espalharam enquanto Heller prosseguia em seu caminho sobre o concreto vibrante. À direita, avistou Bruno Bom de Briga com o cassetete na cinta, espiando e provocando um homem sentando numa mesinha, cheia de livros espalhados, uma expressão de calma dançando nos olhos castanhos.

Heller respirou fundo, com raiva. Prendeu os olhos no vendedor de livros e esqueceu onde estava. Pensou que o rosto do homem lhe era familiar, o modo como ele se destacava no meio da multidão, o sulco na face esquerda. Flagrado em seu olhar, Heller quase teve a impressão de que não estava ali, correndo de bicicleta, mas sim imóvel, enquanto o resto do parque rodava à sua volta.

– Ei, ciclista! – chamou um haitiano sem camisa que estava parado, apoiado no muro que cercava a fonte. A água caía em cascata, logo atrás dele e algumas gotas respingavam em suas costas. – Ouvi dizer que você foi preso, cara!

O comentário do haitiano fez com que Heller caísse na real imediatamente.

– Você ficou no xadrez, ciclista? – gritou o haitiano.

Heller deu um sorriso de provocação e, para provar sua coragem, dobrou a velocidade. Varreu o mundo inteiro de sua visão periférica e apontou a bicicleta contra Bruno.

Interrompeu Bruno no meio de uma frase, arrancou seu quepe de polícia e continuou pedalando. Ouviu Bruno xingar e sair correndo atrás dele. Os aplausos vieram de várias partes do parque. Alguém jogou um *frisbee* que quase pegou a cabeça de Heller e caiu numa lata de lixo. Heller respondeu ao chamado de Bruno atirando de volta o quepe no meio de um monte de estudantes que estavam brincando de jogar para o alto um saco todo rasgado.

Deixando muito barulho para trás, Heller explodiu para longe do parque, passou pelo Arco, voltando à praça Waverly. Deixou para trás todas aquelas pessoas que o amaram, o odiaram, que falariam dele por muitos dias. Montado na bicicleta, cortando as ruas de concreto e becos da cidade, Heller sentia-se perto do mundo. Varando sinais vermelhos, ruas sem saída, ignorando o sol, o suor, os sorvetes, as gargalhadas estrangeiras, votos perdidos, AIDS, e a lenta contagem regressiva que todos sentiam no fundo da cabeça, da garganta, do coração.

O mundo inteiro derreteria naquele verão, e naquele momento, Heller desejava profundamente dissolver-se nele.

Na hora certa.

CAPÍTULO 5

Eram quase quatro da tarde – Chinatown.
A bicicleta de Heller parou, numa brecada perfeita.
Ele saltou, apertou o botão do relógio. Os números congelaram. Ele calculou o resultado, olhando de novo para o relógio.
Doze minutos, quarenta e seis segundos.
– Droga! – murmurou Heller com as flores presas entre os dentes.
Heller prendeu a bicicleta no parquímetro.
Essa era a sua sétima e última entrega do dia.

A porta se abriu um minuto depois que ele bateu.
Era como se a senhora Chiang estivesse esperando por ele.
– Senhora Chiang?
Ela era uma mulher miúda, de feições delicadas. Vestido florido. Cabelo escuro um pouco grisalho, preso num coque. Olhos estranhamente lúcidos.
Era como se ela estivesse esperando por Heller.
– Está tudo bem?
Ela secava as mãos num pano de prato.

— Eu acho que a senhora sabe por que estou aqui – disse Heller. Ele retirou o pano de prato das mãos dela cuidadosamente e lhe entregou as flores. Ela ficou um minuto parada, olhando para as flores, encantada com as pétalas de um cravo. Voltou a fitar o menino e fez que sim com a cabeça.

— Tem mais alguém em casa? – perguntou ele.
— Eu só tenho um filho – respondeu ela lentamente. – É só.
— Tem um lugar pra gente sentar?

A senhora Chiang caminhou pelo apartamento. Heller a seguiu, fechando a porta à sua passagem.

O apartamento tinha pouca mobília, embora Heller desconfiasse que muitos anos haviam se passado com aquela mesma decoração, à espera de novos móveis. Uma mesa redonda no meio da sala de estar, cadeiras espalhadas. Sem poltrona. Sem sofá. Sem colcha. Espalhados em poucas prateleiras e nas beiradas das janelas, brinquedos baratos e miniaturas. Escrivaninhas minúsculas, gnomos de jardim de cara feia, presépios, crucifixos, sapinhos de porcelana. O sol da tarde suavizava as paredes, tornando-as maleáveis.

A senhora Chiang apontou para uma mesinha perto da janela. Eles se sentaram. Ela ficou brincando com um cavalinho de madeira, distraída. Os olhos pintados do cavalo fitavam em todas as direções ao mesmo tempo. Lá fora, a cidade continuava a tecer fios de trânsito, que se soltavam e voltavam a emaranhar-se.

— Você tem certeza? – ela perguntou finalmente. – Como você pode ter certeza?
— Foi a única informação que seu irmão nos deu...

Heller passou-lhe o cartão sobre a mesa. A senhora Chiang o apanhou. Leu o que estava escrito. Um pássaro pousou na beirada da janela, observando-os. Voou. A senhora Chiang colocou o cartão sobre a mesa, em silêncio. Heller observou-a enquanto ela se sentava, prestando atenção em cada movimento.

– Tem uma coisa que seu irmão não diz nessa mensagem. – Heller lhe disse. – O seu filho era um homem bom.

A senhora Chiang assentiu com a cabeça, brincou com o cavalinho de madeira durante um certo tempo.

– Eu não tinha notícias do meu filho há doze anos – ela conseguiu dizer. – Quantos anos você tem?

– Dezesseis.

– Eu não tinha notícias do meu filho desde que você tinha quatro anos... Muito antes que você conseguisse escrever uma frase inteira. – Ela olhou pela janela. – Eles não têm permissão para escrever. Mas eu sabia o que ele estava fazendo por lá. Meu filho e todos os outros prisioneiros no *lao gai*... Você sabe o que *lao gai* significa?

– Campos de reeducação.

O rosto da senhora Chiang mostrou-se surpresa.

– Foi meu pai quem me disse – explicou Heller.

– Certo... e o único elo que eu tinha com ele eram esses...

Ela levantou-se, ainda segurando nas mãos o cavalinho de madeira, balançou os braços em direção ao apartamento.

– Você sabe quanto custa isso? – ela disse apontando para um cinzeiro esculpido em madeira no formato de lanterna – um dólar – ela disse apontando para um berço esculpido na

madeira para parecer-se com o braço de uma mãe – um dólar – e apontando para um bichinho de pelúcia – um dólar...
Os braços dela caíram ao lado do corpo.
Heller manteve os olhos grudados nela, sem dizer uma palavra, sem mover um músculo.
– ... porque meu filho não era pago... Mal tinha o que comer... Não vale nada... A vida não vale nada.
Desta vez, ela apontou para a cozinha. Heller olhou pela fresta da porta entreaberta em direção à geladeira. O desenho de uma borboleta voando estava preso na porta, feito com lápis. Uma asa era vermelha, a outra, totalmente branca.
– Meu filho fez esse desenho quando tinha sete anos – ela disse –, quando o pai dele trouxe para casa uma borboleta ferida, com uma asinha quebrada... Eu acho que ele nunca se esqueceu da borboleta...
Então, ela abaixou o tom de voz, tentando esconder algo das estatuetas que os espreitavam das prateleiras.
– Onde você acha que encontrei a borboleta outra vez?
Os olhos de Heller não despregavam dos dela.
– Está esculpida na barriga do cavalinho, senhora Chiang.
Ela sorriu com tristeza. A senhora Chiang sorriu tristonha e colocou o cavalinho em cima da mesa para mostrar a mesma borboleta assimétrica esculpida na barriga do brinquedo, silencioso, sábio. Então, ambos aguardaram ali, na mesa, no meio do apartamento, sem saber o que fazer depois.
O relógio da parede era a única coisa que se dava ao trabalho de movimentar-se.
Um calendário na parede oposta era a única coisa que se movia mais rápido que o relógio.

CAPÍTULO 6

A porta se fechou atrás dele, seguiu-se o toque de sino familiar. Algumas pessoas viraram a cabeça, ergueram a vista dos livros ou roteiros originais. Para a maioria delas, a entrada de Heller na lanchonete Pão & Companhia, passou despercebida. Os ruídos suaves de xícaras de café continuaram, e o piscar silencioso das luzes de Natal, colocadas fora de estação, acompanhou Heller até sua cadeira. Ele sentou-se, olhou pela janela, bateu os dedos na mesa de mármore, nervoso.

Heller não gostava daquele lugar. Para começar, ele nem sequer gostava do bairro de Soho. Quase tudo por lá parecia impecável, limpo. Lojas de grife. Relógios caros, de mecânica superior, jeans que custavam cem dólares, vestidos de mil dólares, mobília a preços inflacionados. Às vezes, parecia que a vizinhança era tão fria quanto o aço inoxidável utilizado pelas construtoras de bares e restaurantes.

A lanchonete tinha um certo calor humano, mas o mundo de galerias art-déco e seus artistas contratados sempre davam um jeito de atravessar as paredes de vidro que cobriam a frente da lanchonete. O café era certamente bem mais caro e mal servido; uma marca caseira qualquer misturada com bastante água.

E, para piorar, Heller nem sequer gostava de café. A cafeína desidrata o corpo, não faz bem à circulação, sendo, portanto, completamente incompatível com o seu trabalho. Nem o sabor do café ele apreciava. Não gostava de café de jeito nenhum...

– Você quer ver o cardápio?

Heller tirou os olhos da janela. Aquele sotaque latino vinha acompanhado de olhos escuros, suaves e cabelos negros. Caindo nos ombros, os cabelos eram lisos e brilhantes. Ela usava uma camisa vermelha, calças pretas e um avental preto. Um crachá contendo seu nome estava perto do seio esquerdo, o nome vinha escrito em letras maiúsculas...

– Silvia.

– Com licença? – ela perguntou.

Heller piscou duas vezes.

– O quê?

– Você quer ver o cardápio?

Ela repetia sempre a mesma pergunta.

– Só quero café...

– Ah, um café!

– É, um café... – repetiu Heller.

– Eu sei – ela disse –, só vai levar um minuto.

Heller concordou com a cabeça, tentando imaginar um jeito de levar a conversa além de uma simples troca entre freguês e garçonete. Ele vinha tentando conversar com a garota há seis meses e hoje os resultados não seriam diferentes. Ele ainda balançava a cabeça quando ela lhe deu as costas e o deixou sozinho na mesa.

Silvia caminhou até o balcão. O jarro da cafeteira enchia-se, gota a gota. Ela apoiou-se no aparelho de som estéreo, cruzou os braços, ficou batendo com a caneta no cotovelo, enquanto aguardava, paciente, que a cafeteira enchesse. Heller a olhava de soslaio. Fingia que estava entretido com a foto autografada de Sarah Jessica Parker, pendurada na parede ao lado. Heller observava Silvia enquanto ela esperava pela cafeteira, pensando como uma pessoa tão miúda, de aparência tão frágil, poderia ter um ano a mais que ele. Observando Silvia, o garoto mantinha os olhos grudados nela. Heller sabia que, a qualquer momento, ela levaria a caneta aos lábios para mordiscá-la. Era seu momento favorito de todos os dias.

Pronto.

Ela mordiscou a caneta com os dentes de cima, cobrindo os dentes de baixo com os lábios inferiores. Concentração. Heller conhecia essa expressão de cor. Silvia tinha olhos que despertavam em Heller o desejo de rastejar para dentro de sua alma e adormecer, para conseguir vislumbrar seus sonhos antes que o amanhecer os espantasse.

– Você tinha razão, ciclista...

Heller afastou o olhar de Silvia.

Sentado à mesa estava um haitiano de cabelos bem curtos, um colete de couro marrom, sorrindo tanto que dava a impressão de ter ganhado um prêmio na loteria.

– Duas semanas mais tarde... – o haitiano lhe disse – duas semanas depois, conheci uma mulher fantástica. Ela sabe até falar francês. É muito culta, também...

Heller olhou ao seu redor, pensou que encontraria uma resposta numa mesa ao lado. Quando nada surgiu, ele olhou desesperançado para seu novo amigo, tentando ao máximo conseguir compreendê-lo.

O haitiano percebeu que Heller não tinha entendido seu comentário e riu.

– Eu sou o Christoph Toussaint, lembra de mim? Você me deu as notícias sobre a minha mulher no Haiti... Eu não estava planejando um suicídio, só estava falando feito um louco aquele dia. A gente acaba falando demais, você sabe como uma mulher consegue fazer a gente cair de joelhos, especialmente quando ela está indo embora, mas... acontece que você estava certo. Duas semanas depois de você ter me transmitido a notícia da morte de minha namorada, a sorte sorriu para mim outra vez. Eu já te contei que ela fala até francês?

Antes que Heller conseguisse responder, Silvia já estava de volta à sua mesa. Ela colocou o creme em frente a Heller e a colher para mexer o café.

– Café com creme ou açúcar? – ela perguntou.

– Sim – Heller respondeu.

– Os dois?

– Cremoso.

– Cremoso – disse Silvia, pronta para virar-se quando Christoph pegou-lhe a mão e a deteve.

– Querida – ele disse, o sorriso esbanjando todo seu charme –, eu só quero uma xícara de água quente, por favor!

– Só de água quente?

– É – ele explicou, tirando uma caixinha prateada de dentro do bolso. – Eu sempre trago minhas ervas, cultivadas para mim, especialmente, por minha mãe. Você pode cobrar o preço do chá, tudo bem, querida.

Ela assentiu com a cabeça e fez uma anotação em seu bloquinho.

– Você é demais, garota – ele disse, todo sorridente –, olha só, você tem cabelos lindos, negros...

Silvia parecia constrangida, mas sorriu mesmo assim e o sorriso parecia sincero.

– E esses olhos. Garanto que você vira a cabeça de todos os homens daqui. É verdade ou não é? – Christoph virou-se para Heller. – Ela não é o máximo?

Heller mal conseguia concordar com a cabeça.

– Só água? – Silvia perguntou outra vez.

– Só água, lindeza – respondeu Christoph.

Silvia voltou para trás do balcão. Heller observou-a cuidadosamente enquanto enchia uma xícara de água quente. Um pouco do vapor subiu até seu rosto e algumas gotinhas espalharam-se nele. Silvia apanhou um guardanapo, limpou a face. Sua camisa ergueu-se levemente, expondo seu umbigo.

A curva da barriga.

Heller sentiu uma pontada no estômago.

– Ela era uma linda menina...

A atenção de Heller voltou-se para Christoph:

– O quê?

– Ela é linda – Christoph disse. – Mas é impressionante como as coisas podem melhorar rapidamente... A morte é tão estranha. Você sabia?

Heller sentiu uma pontada repentina na cabeça.

– Eu sei...

– Bem, você é jovem – disse Christoph –, ainda tem muito que aprender.

Silvia voltou com a xícara d'água e o creme. Sem ficar mais do que o necessário passou para a próxima mesa. Sem alegria, ou entusiasmo, só algo que não escapou a Heller – a capacidade dela de *continuar*...

– Quando comecei a freqüentar aqui, ela trabalhava na cozinha – disse Heller, percebendo, subitamente, que estava falando. – Era difícil conseguir vê-la... E agora ela está aqui. Agora ela está aqui e olha só, se dando bem à beça...

Christoph abriu um sorriso de aprovação.

Heller mordeu os lábios e estendeu a mão para apanhar o pote de creme.

Ele ia colocar o creme no café quando reparou que um fiozinho caía para fora da xícara. Ele puxou o fio e tirou um saquinho de chá do fundo da xícara. Gotas d'água ficavam caindo do saquinho ritmicamente. Ele ficou parado olhando.

– Ei, cara – disse Christoph –, se eu soubesse que você tinha pedido chá, eu teria te dado um pouco de minhas ervas caseiras. Meu chá é bem melhor do que chá de saquinho. Você devia vir me visitar em casa, um dia desses. Minha mulher pode cozinhar pra nós. É a primeira mulher que conheci neste país capaz de preparar um doce de banana...

Heller fez que sim com a cabeça, enfiou o saquinho de chá dentro da xícara.

Apanhou o pote de creme e começou a colocá-lo no chá.

CAPÍTULO 7

A avó de Heller, Florence, preparou o jantar naquela noite. Comida requentada da noite anterior. Do aniversário de Heller. Frango assado com arroz e feijão. Uma receita que a mãe de Heller aprendeu quando todos viajaram para Jamaica há cinco ou seis anos, e depois ensinou a Florence, que batizou a receita de *Franguinho da nora*. Era a comida preferida de Heller desde então.

Os avós e neto sentaram-se na cozinha para jantar. Heller comia mecanicamente, sentindo as perguntas silenciosas de seus avós. Era difícil. Não dava para contar-lhes como fora o dia, enquanto para eles ficava difícil aturar o silêncio do menino. No lugar da conversa, ruídos de talheres e mastigação. Foi quase no fim do jantar que Florence finalmente disse:

— Seus pais telefonaram hoje.

Heller tirou os olhos da comida e olhou para a avó, interessado, preocupado.

— Eles estavam tristes porque não conseguiram falar com você... Disseram que tudo vai bem. O centro de saúde comunitário já está pronto, ainda há muito o que fazer, mesmo assim... O pessoal da vila consegue arcar com o preço dos medicamentos, o problema é que os remédios nunca chegam a tempo. Agora, todos já têm água corrente e a situação parece que está melhorando... – ela descansou os talheres e fitou o marido.

– Acho que eles queriam que você ficasse sabendo de tudo isso. – Eric completou, limpando a boca.

Heller olhou para ambos, sabendo que esperavam por um comentário dele.

– Que bom – disse. – Ainda bem que eles estão conseguindo dar um jeito de fazer o que é necessário.

Depois de um breve momento, Florence levantou-se, tirou os pratos e os levou para a pia. Heller ficou olhando seu avô levar os copos e voltar para limpar a mesa.

– Ainda sobrou um pouco de bolo de ontem – disse Florence –, você quer uma fatia, querido?

– Quero sim – respondeu Heller, jogando os restos de comida fora. – Eu só preciso ir ao meu quarto resolver umas coisas.

Seus avós fizeram que sim.

– Então, está bom – disse Heller.

Heller fechou a porta do quarto assim que entrou.

A escrivaninha dava para a parede. Além dela havia a cama, um armário e algumas prateleiras. As paredes estavam cobertas de cartazes contendo bicicletas e ciclistas. Nas prateleiras, fileiras de bicicletas em miniatura e fotografias de corridas de bicicleta. A luz era suave e a decoração, harmoniosa.

Heller foi até o armário e abriu a porta.

Suas roupas limpas o cumprimentaram, empilhadas dentro de uma caixa larga, e perto de uma pilha de roupa suja havia um par de patins. Ele os observou, desconfiado, murmurando ameaças. Os patins não reagiram, mas seu silêncio era suficiente para levar Heller a bater a porta e caminhar até a escrivaninha.

Heller sentou-se e puxou uma gaveta. Tirou de dentro dela uma pasta. Simples, de cânhamo, com as palavras CAMPEONATO, impressas em preto, na capa. Ele a abriu. Dentro havia páginas e páginas impressas, rabiscos e contas de somar.

Heller verificou se a porta estava mesmo fechada, lembrou-se de que a tinha fechado e tirou da pasta um talão de cheques. Conferiu seus salários nas últimas duas semanas, fez uma anotação rápida num pedacinho de papel e cuidadosamente marcou a data de 7/5/01. Deixou a anotação de lado, analisou as folhas de papel. Parou. Colunas de números, contas e mais contas, alcançando a soma final de pouco mais de mil...

Fez um último balanço, fechou a pasta, voltou à cama, fechou a gaveta. Heller fitou o espaço durante um certo tempo, outro dia havia se passado. Levantou-se, caminhou até a cama, deitou-se nela, imerso na luminosidade de seu abajur.

– Eu vou te vencer... – sussurrou Heller. – Eu vou te vencer, Henri Cornet...

Heller ouviu quando a avó o chamou da cozinha – dizendo alguma coisa sobre o pedaço de bolo, a sobremesa. Ele deixou que o som da voz sumisse, os braços cruzados atrás da cabeça, perdido em outros pensamentos.

– Eu vou te vencer, Henri Cornet...

Heller fechou os olhos brevemente, só para descobrir, alguns minutos depois, que muito tempo havia se passado, e que já estava na hora de acordar para trabalhar.

CAPÍTULO 8

O trânsito matinal já tinha diminuído e o escritório já estava tranqüilo.

Heller ficou parado na frente da escrivaninha de Iggy. Era um ou outro funcionário entrando e saindo, alguns já se preparando para fazer as entregas do dia. Na agência, as mensagens nunca obedeciam a um padrão. Parecia que sempre alguma coisa acontecia, ou uma dificuldade surgia, ou alguém que se enfurecia, um funcionário que sumia, nada disso dentro de uma ordem em especial. Os acontecimentos apareciam, desapareciam, e quem estivesse por perto para vê-los, que tentasse compreendê-los.

– Você tem uma mensagem... – Iggy disse a Heller. – Está ouvindo?

– Estou.

– Espere... – Iggy atendeu ao telefone na escrivaninha, apertou o botão e suavizou a voz. – Agência de Mensagens Personalizadas... Tudo bem... Sam Mayer... O quê? Se ele trabalha para o senhor, então onde podemos encontrá-lo? – Iggy apanhou a caneta e começou a rabiscar. – Tudo bem... Claro... Está certo...

Iggy balançava a cabeça concordando com as palavras que vinham do telefone, virou-se para Heller.

– Tudo bem, você tem duas. A primeira é para Salim Adasi, no endereço do Lado Leste. O homem veio da Turquia, as notícias que chegaram de casa não são boas. Vieram da parte da irmã dele, nada de urgente, você pode transmitir tudo com calma, se não se importar, claro.

– Quem era no telefone? – perguntou Heller.

– É complicado – Iggy coçou a cabeça com a caneta. – Acho que nunca tivemos uma coisa dessas antes... Na verdade, eu nem sei se a gente deveria aceitar isso.

O pulso de Heller acelerou.

– O que foi?

Iggy hesitou. Olhou para trás, na direção do escritório de Dimitri. A porta estava fechada, provavelmente trancada. Iggy olhou novamente para Heller, suspirou: – Tudo bem.

Heller debruçou-se, curioso, ansioso.

– Tudo bem – repetiu Iggy. Olhou de relance para o escritório de Dimitri pela última vez antes de encarar Heller. – Eu acho que você será uma espécie de cobaia, um teste, Heller. Você está preparado para encarar?

Heller fez que sim com a cabeça.

Iggy suspirou.

– O nome dele é Sam Mayer. Você pode encontrá-lo na loja perto do canal. Eles me disseram que este é um dos dois empregos dele...

Iggy lhe passou todos os detalhes.

A CIDADE EM CHAMAS

Heller apoiou-se na parede do depósito. Sam Mayer sentou-se numa caixa entre muitas outras, a maioria delas empilhadas contra a parede até alcançar o teto. Uma única lâmpada fluorescente iluminava as paredes sujas. Nenhum dos dois disse nada durante cinco minutos. Sam parecia derrotado. Cotovelos nos joelhos, a cabeça descansando sobre as mãos, olhos presos no nada. Quando ele o viu, pela primeira vez, Heller calculou que Sam tivesse uns trinta e quatro, trinta e cinco anos. Ao longo da conversa, ele envelheceu, e Heller reparou lentamente nos cabelos grisalhos e nos muitos pés de galinha em volta dos olhos.

– Então, foi assim o que me disseram... – murmurou Sam. Olhou diretamente para Heller. – Depois de cinco anos, eles me mandam embora com um telegrama.

Heller trocou de posição.

– Mão-de-obra estrangeira, é isso que está acontecendo – Sam continuou, a raiva estampada no rosto. – Mão-de-obra barata, como é que eu vou conseguir competir com isso?

– Mas o senhor ainda tem esse outro emprego... – arriscou Heller.

– Esse dinheiro é para o Natal! – gritou Sam, descontrolando-se. – Posso fazer esse trabalho para ganhar um dinheiro extra para comprar brinquedos para os meus filhos, roupas boas, assim eles não precisam ir para a escola com jeito de quem só compra roupa em loja de quinta... Meus filhos comem, precisam de comida. Eles moram num apartamento pequeno, mas, pelo menos, têm eletricidade e fazem a lição à noite. Esse dinheiro daqui não pode lhes dar nada disso.

57

Heller não sabia o que dizer.

— E eles acham que me despedindo desse jeito, com um telegrama, fica mais fácil...

— Não é um telegrama, é uma mensagem personalizada — corrigiu Heller.

— Para mim, é tudo a mesma coisa; eles não tiveram peito de dizer na minha cara. — Sam deu de ombros, levantou-se. — E agora, o que é que eu vou fazer?

A porta do depósito se abriu. Um garoto de mais ou menos vinte anos com cabelo pintado de verde enfiou a cabeça e disse:

— Sam, você vai demorar muito? — ele usava uma etiqueta que dizia GERENTE.

— Só mais um pouquinho — respondeu Sam.

A porta se fechou. Heller ficou sozinho com o homem.

— Passei uma mensagem para uma senhora chinesa, uma mulher que tinha perdido o filho num campo de reeducação...

Ele contou a história, como tinha sido a tarde ao lado da senhora Chiang. Descreveu o apartamento, as miniaturas, o cavalinho de madeira com uma borboleta de asa quebrada desenhada na barriga. Contou a história exatamente como acontecera — sem saber o porquê, mas era uma coisa que ele fazia quando tudo falhava durante suas visitas. Às vezes surgia uma conexão.

Quando terminou seu relato, Heller esperou para que Sam pensasse no assunto.

Ele não custou a perguntar:

— Por que você me contou isso?

– Acho que foi para o senhor ter uma perspectiva.

– Perspectiva? – Sam riu, umas risadas roucas, uma tosse que estalava no vazio. – Um adolescente me mostrando uma perspectiva... Você sabe de uma coisa? Nós vendemos esses cavalinhos de madeira na loja. Ganho um salário mínimo vendendo aquelas porcarias, mas, pelo menos, é alguma coisa. E agora parece que eu só tinha isso. Então, não vem com esse papo de perspectiva, quem é que faz o quê, quanto ganha. Tenho uma mulher e dois filhos, não tenho *tempo* para pensar em perspectiva. Não tenho espaço para essas coisas na minha vida, quando um fulano de terno decide me mandar embora para contratar alguém por alguns dólares a menos...

– O senhor não sabe por que foi demitido.

– E nem você. – Sam tremia, os músculos tensos. – Você não sabe nada de mim, então não venha me consolar.

– O senhor está sendo injusto.

– Todo mundo é injusto.

A porta do depósito abriu de novo, e o gerente apareceu pela segunda vez.

– Ei, Sam, você vem ou não?

– JÁ VOU! – berrou.

– Ei – a voz do gerente suavizou-se no meio da luminosidade da porta –, fique tranqüilo, cara, tranqüilo.

Sam virou-se para Heller.

– É só isso?

Heller reconheceu a expressão de Sam. Era para que ele se sentisse jovem. Sem experiência. Ignorante. Heller conhecia aquela cara: como todos os garotos de sua idade. Era parte da vida, crescer, mas também era parte daquele trabalho. E quando ele estava trabalhando, aquela cara nunca surtia efeito.

— Senhor Mayer... — Heller começou —, como se chama sua esposa?

— Angela.

— Há quanto tempo estão casados?

— Doze anos.

— É o primeiro casamento?

— É sim.

— Que bom. Para seus filhos, principalmente. A vida da gente já tem tantos problemas.

Sam concordou em silêncio.

— Doze anos... — Heller repetiu. — O senhor está casado com Angela desde que eu tinha quatro anos. Antes que soubesse escrever... O senhor ainda é apaixonado por ela?

— Claro.

— E ela é apaixonada pelo senhor?

Sam sentou-se, afundando o corpo numa caixa marcada Frágil:

— Ela me diz isso todas as noites.

— Bem... — Heller escolheu as palavras cuidadosamente —, eu só tenho dezesseis anos. Então eu não sei como é... Parece bem legal, senhor Mayer.

Sam manteve os olhos grudados no chão.

— É só isso? — perguntou Heller.

Sam concordou com a cabeça.

Heller saiu do depósito, atravessou a porta de metal e a loja. Bijuterias inúteis e bugigangas pequeninas se espalhavam pelos quatro cantos. Ele desceu alguns degraus, parou diante de uma cesta cheia de cavalinhos de madeira. Apanhou um deles. Olhou embaixo, viu metade de uma borboleta esculpida na barriga. Apanhou outro cavalinho. Olhou na barriga. A mesma coisa. Ele repetiu a verificação cinco, seis vezes, o resultado sempre era o mesmo. Um freguês passou, apanhou um cavalinho, examinou-o. Levou-o até o balcão e o comprou por um dólar. Heller pensou nisso, olhou para os cavalinhos, que o fitavam também. Todos aqueles olhos, as borboletas de asas quebradas, as inúmeras mensagens de esperança para a senhora Chiang. Não fazia muito sentido. Ou aquilo era uma mensagem ou um selo geral. Metade de uma borboleta, cinqüenta por cento. Não dava para apostar. Não dava para ter certeza.

Heller olhou de volta para a loja.

Sam estava parado, firme na entrada do depósito.

Seus olhos se encontraram.

Sam o cumprimentou com a cabeça.

Heller deixou o cavalinho e saiu da loja o mais rápido possível.

CAPÍTULO 9

Heller percebeu imediatamente que os dois homens que atenderam a porta eram imigrantes recém-chegados a Nova York. Vindos de algum ponto do Oriente Médio, ele imaginou, embora não quisesse ficar adivinhando mais nada; Heller tinha descoberto que fazer isso não ajudava no seu trabalho. Os dois homens pareciam nervosos, mantendo a porta entreaberta de modo que pudessem espiar pela fresta.

– O senhor Salim Adasi está? – perguntou Heller.

– Não, não – disse um deles, com um sotaque tão forte que quase impedia a compreensão de suas palavras –, ele está no trabalho agora.

– O senhor sabe onde fica o trabalho dele?

Os dois homens trocaram olhares rápidos, depois o segundo respondeu:

– Fica longe.

– Ele vai voltar mais tarde – o primeiro homem acrescentou.

– Daqui a uma ou duas horas – o segundo especificou.

– Tudo bem – disse Heller –, voltarei mais tarde. Bom...

Eles fecharam a porta sem esboçar um gesto de despedida. Heller olhou bem para o saguão vazio, onde estava mais quente do que no mundo de fora. Estalou os lábios, ouviu o eco do ruído ressoar no espaço ao seu redor.

Ele desceu as escadas empenadas e apoiou-se, cansado, contra a porta de entrada.

Ela se abriu facilmente.

E por ela passou um homem com um leve sulco na face esquerda, uma marca que parecia uma cicatriz.

Heller o cumprimentou educado, automaticamente, e dirigiu-se à bicicleta.

O homem entrou, fechou a porta, olhou pela janela com um interesse familiar enquanto Heller soltava a corrente que prendia a bicicleta.

Heller olhou mais uma vez para o prédio de apartamentos, sentindo ainda uma ponta daquele calor insano. A luz solar refletia-se na janela da porta, produzindo reflexos brancos, ofuscantes. Heller apertou os olhos, pontos negros dançavam no meio das luzes.

Abriu os olhos, balançou a cabeça.

Heller tinha algumas horas livres, e embora ele não estivesse com vontade *alguma* de tomar um café, ele sabia muito bem onde é que ia acabar chegando.

CAPÍTULO 10

Heller a observava enquanto a garota anotava pedidos no bloquinho e reparou que as mãos dela tremiam. Dava para perceber até do outro lado da lanchonete. Heller ficou parado, a xícara nos lábios, sorvendo o café lentamente.

As mãos de Silvia tremiam. Era um movimento sutil, a caneta paralisada no meio de uma conta, incapaz de concluir o número três, que talvez fosse um número oito. Todos os outros fregueses continuavam ocupados com seus livros ou originais não publicados, exatamente como no dia anterior, enquanto Heller reparava que a garganta de Silvia se contraía levemente, os olhos brilhando. Ela mordeu o lábio inferior. Heller viu quando uma lágrima escorreu pela face até alcançar a boca.

Heller tentou morder os lábios e o café escorreu no seu queixo e colo. Ele colocou a xícara sobre a mesa, rápido demais. Ela estalou como se tivesse quebrado e várias pessoas se voltaram na direção daquele som. O garoto procurou um guardanapo, não encontrou nenhum. Na mesa ao lado, alguém tossiu, em solidariedade. Um homem obeso, de unhas pintadas, lhe ofereceu um guardanapo. Heller o aceitou e murmurou desculpas, outra vez.

— Obrigado — disse o homem.

Heller não tinha certeza de que ouvira direito.

— Obrigado por sua mensagem no mês passado — disse o homem gordo, a voz tão baixa que escapava pelo chão. — Você me ajudou muito...

Heller sempre tinha dificuldade em reconhecer seus antigos fregueses fora de seus apartamentos, e nunca sabia o que dizer nestas ocasiões. Ele murmurou de novo, limpou o café do rosto, do colo. Heller olhou para cima tentando ver se Silvia tinha reparado nele.

Silvia tinha saído.

Heller piscou, depois olhou ao seu redor. Da janela, ele a viu remexendo dentro de uma bolsinha preta. Ela ainda estava de uniforme: camisa vermelha, jeans pretas e sandálias. Heller reparou que ela olhava em volta como se tentasse localizar-se. Fios de cabelo prendiam-se ao seu rosto. A garota deteve-se, pensativa.

Heller colocou uma nota de cinco dólares, distraidamente, sobre a mesa, levantou-se, caminhou até a porta, pensando no que aconteceria se ele arrumasse os cabelos dela com os dedos, será que ela estava chorando? A passos cautelosos, Heller aproximou-se, ofegante, sem saber ao certo o que tinha decidido fazer.

Se eu perguntar a você se está bem e você me contar qual é o problema, talvez eu possa revelar a você algumas coisas sobre mim. Talvez eu consiga parar de ficar falando com o seu nome no crachá e diga outras coisas além de "café" e "a conta, por favor". Talvez nós dois...

O mundo parecia mover-se em câmara lenta. Mas, na verdade, tudo acontecia dentro dele. Quando ele finalmente alcançou a porta, Silvia já estava quase desaparecendo na rua Prince.

A golfada de calor quase derrubou Heller. Ainda decidido a fazer alguma coisa, embora sem saber ao certo o quê, ele apanhou a bicicleta e a seguiu, caminhando.

Silvia virou na Sexta Avenida. Heller guardou certa distância, observando-a, as mãos sobre o guidão da bicicleta. A corrente rangia e Heller olhou ao redor, nervoso, imaginando se as pessoas na rua perceberiam que ele a seguia, e ficariam desconfiadas. Petrificado só de imaginar que seu avô poderia passar por lá, apanhando-o em flagrante.

O dia ficou acinzentado. O céu nublado soprava vida nas nuvens. O ar estava parado. A umidade espessa transformava as ruas em pântanos. Quando o trem do metrô passou, roncou feito trovão.

Rostos cansados passaram pelo garoto que não os via, absorvido apenas nos movimentos dos quadris de Silvia. Ele nem sequer conseguia imaginar, reparar nos arredores, na troca silenciosa e abrupta de sinal.

Uma freada repentina.

— Preste atenção, seu idiota!

Heller caiu na real no mesmo instante.

No meio da rua, o pára-choque de um carro brecou a milímetros de sua bicicleta. O motorista era um jovem com cabelo escuro penteado para trás, óculos de sol sofisticados, no rosto italiano, de feições bem delineadas. Heller reparou que ele balançava a cabeça embalada na música marcada pelo baixo, as letras gritando alguma coisa sobre revólveres, drogas e dinheiro. Eles não se reconheceram do encontro no dia anterior, quando Heller se prendera na janela do carro do italiano, a toda velocidade.

Ele buzinou alto. Heller tossiu, disse envergonhado:
— Desculpe, cara, tudo bem...
... Antes de verificar se Silvia tinha reparado nele. Mas, ela não tinha reparado, como sempre acontecia. Heller prosseguiu, o rosto vermelho.

Silvia entrou numa farmácia. Heller estacionou a bicicleta do outro lado da calçada. A praça Father Demo estava vazia naquele dia. Havia mais pombos do que pessoas e todos se movimentavam com uma certa lentidão. O garoto se sentou e ficou vigiando rodeado de sementes de papoula.

Outro ronco do metrô, ao longe, ecoou nos ouvidos de Heller.

Uma mão tocou seu ombro. Heller deu um salto, virou-se. Um jamaicano, de barba e cabelo cheio de trancinhas, estava bem atrás dele. Na outra mão, ele trazia um guarda-chuva.

— Só custa três dólares, meu amigo.

Heller parou de morder os lábios, engoliu seco.

— O guarda-chuva?

— Três dólares.

— Não está chovendo.

— Você sabe para onde o vento está soprando?

Heller fez que não com a cabeça.

– Ele vem do leste... – a voz do homem era suave, remota. – Os ventos do leste estão chegando e as nuvens se juntando. Por quatro dólares você leva mais um guarda-chuva para sua namorada.

– Não... – Heller pensou um pouco –, não, obrigado.

– Tudo bem, cara, se cuida.

O jamaicano afastou-se lentamente, depois desapareceu quando virou a esquina. Heller olhou de novo para o outro lado da rua.

O garoto congelou.

Silvia estava parada no meio da praça, bem perto dele. Ela conferia um álbum de fotografias, folheando as páginas bem devagar. Heller não se moveu, ainda chocado pela proximidade, tentando parar de procurar uma xícara de café, instintivamente, porque ele não estava mais na lanchonete. Silvia parou, coçou a ponta do nariz. Um pombo pousou no banco de Heller e começou a comer seu pão. De algum modo, o dia tornou-se mais úmido.

Heller não conseguia afastar os olhos dela.

Silvia levantou a cabeça.

Ergueu a cabeça e encarou Heller.

E Heller pensou que toda sua vida terminaria naquela hora. Os olhos presos numa conexão tão forte que virava a cidade do avesso. Era como andar de bicicleta. Como pedalar no trânsito do meio-dia quando a única salvação era alcançar a calçada. A mesma sensação. A mesma emoção. O mesmo sabor delicioso de segurança.

Heller percebeu que podia perder-se naquele olhar.

Ela lhe deu um sorriso que lhe recordava uma lembrança de algo que ele nunca tinha vivido.

Heller retribuiu o sorriso.

Mas ela não o reconheceu.

Ela nem sequer o enxergava.

Estava olhando era para trás do garoto.

Atrás de Heller, em algum outro ponto do tempo e espaço no qual as coisas eram diferentes.

O lugar que Heller desejava conquistar.

Um lugar que Heller ainda teria que alcançar.

O metrô roncou novamente e o som espalhou-se pelo céu.

Silvia fechou a bolsa e tomou a direção leste.

Heller atirou seu pedaço de pão aos pombos e levantou-se.

Ele a seguiu até o correio perto do Citibank. Ela entrou.

Heller verificou as horas. Ele ainda tinha uma última mensagem a entregar. Aguardou. As pessoas entravam e saíam do banco, a maioria delas falando no celular, algumas se dirigiam ao correio.

Heller sentiu-se a ponto de tomar uma decisão, mas precisava de algo, um empurrão.

Um sinal.

– Bem, caramba... – disse uma voz atrás dele. – Não é que a águia caiu do céu?

Os olhos de Heller arregalaram, apanhado de surpresa.

Bruno, Bom de Briga, estava de pé, à sua frente, o equilíbrio de forças o beneficiava, de cara amarrada, esperando uma desculpa para entrar em ação.

– Parece que nossas reclamações funcionaram e você foi posto de castigo, sua peste do inferno.

Heller não conseguia dizer nada.
– Agora me diz, seu alucinado, o que você quer dizer?
Heller gaguejou:
– Eu não sei o que o senhor está me perguntando...
– Quando fica gritando CAMPEONATO! – Bruno gritou, imitando Heller, os olhos malignos. Alguns pedestres viraram o rosto, evitando a cena: – O que isso quer dizer, no final das contas?
– Quer dizer... que eu preciso ir embora.
– Ah, é? Alguém morreu?
– Eu preciso... comprar selos.
Heller entrou no correio pela porta principal.
– Você precisa mesmo é comprar um PAR DE PATINS! – berrou Bruno.
Heller prendeu sua bicicleta com a corrente no poste e caminhou até o correio. Ficou impressionado ao descobrir que a área de espera era menor do que seu quarto, portanto ele teria pouco espaço para esconder-se. Silvia estava parada na fila da máquina de selos.

Seja natural, Heller pensou desesperado e entrou na fila, bem atrás de Silvia. Tenso, ficou olhando para a cabeça da jovem, e aquele seu cabelo escuro, luminoso. A fila andava rapidamente e Heller a acompanhava, sem saber direito o que queria. Muitas pessoas alinharam-se atrás dele. Heller sentiu-se preso entre o que era importante e o que era incidental.

Silvia foi até a máquina de selos. Heller a observou enquanto ela tirava uma nota velha de um dólar. Ela a inseriu na máquina. A máquina chiou, vomitou o dinheiro. Silvia tentou outra vez, inutilmente.

Repetiu a tentativa.

Muitas vezes.

O pessoal da fila começou a irritar-se, murmurando reclamações dirigidas a Silvia. Heller percebeu que as mãos dela tinham começado a tremer. Enfiou a mão no bolso, procurou o troco. Saiu da fila, entregou a Silvia o dinheiro trocado. Silvia não percebeu, os olhos cheios de lágrimas de frustração, as mãos trêmulas. Heller não conseguia falar e suas mãos também começaram a tremer. Ambos ficaram parados daquele jeito, as mãos tremendo, até que, finalmente, do fundo da fila:

– Anda, dê logo as moedas pra ela, cara!

Silvia levou um susto, virou-se, bateu nas mãos de Heller, que derrubou as moedas no chão, enquanto ela deixou cair as fotos junto com o troco.

Ambos inclinaram-se, de rosto vermelho. Tentando juntar as moedas, Heller espalhou ainda mais as fotos de Silvia. A cara prateada de George Washington parecia que ria.

– As moedas... – Heller conseguiu dizer.

– O quê?

– Pegue as moedas.

Heller apontou para a máquina de selos. Silvia compreendeu. Ela apanhou as moedas, levantou-se, e começou a inseri-las na máquina.

Heller se levantava, quando espiou uma fotografia jogada no canto, esquecida. Ele deu uma olhada, viu que Silvia ainda se ocupava com os selos. Sem pensar, antes mesmo de avaliar o que fazia, Heller escondeu a foto com um movimento rápido e a enfiou no bolso.

Ele ficou parado enquanto Silvia retirava os selos. Ela lhe agradeceu, distraída, e entregou-lhe a nota de um dólar, afastando-se dele, em direção à porta.

... O sino da porta bateu com o som da despedida...

Heller piscou, olhou para a nota de um dólar. A cara do Washington de novo. A expressão de quem ria, transformando-se num sorriso amarelo. Heller enfiou o dólar no bolso e correu atrás de Silvia.

Não foi preciso correr muito. Ela estava parada perto da bicicleta de Heller, tentando guardar suas fotografias. Heller a alcançou. Uma lágrima escorria pelo rosto da garota.

– Você é atriz? – Heller perguntou de repente.

Silvia parecia totalmente confusa.

– ... Ou modelo – Heller continuou –, desculpe, você poderia ser modelo: é que eu vi essas fotos e fiquei só pensando... Será que ela é modelo... ou atriz?

Silvia não respondeu imediatamente. Começou a chover, uma garoa fina. Os olhos dela estavam úmidos e Heller ia repetir a pergunta quando ela disse:

– As fotos são para o meu pai. Lá em casa, no Chile... – era como se ela estivesse falando sozinha, através das lágrimas e para o mundo, de um modo geral. – Se minha mãe um dia descobrir que estou enviando qualquer coisa para ele, nem sei o que ela faria, mas eu não escrevo ao meu pai há dois anos e... Eu nem ligo se ele é um *perdido*. Você ficaria bravo se seu pai fosse um *perdido*? Porque eu não estou nem aí com o que ele fez ou para quem ele fez o que fez!

─────── A CIDADE EM CHAMAS ───────

A chuva engrossou.
– Meu pai não é um... – Heller procurou as palavras certas – mas eu não o vejo há...
Silvia o interrompeu abruptamente dizendo:
– *Droga!* As fotos ficaram molhadas. – Ela as enfiou rapidamente dentro da bolsa outra vez. – Obrigada pelas moedas – ela lhe disse. Silvia olhou para o céu acinzentado, deixando que a chuva lhe molhasse o rosto, a pele brilhando. – Agora não posso nem dizer se eu ainda estou chorando...
Mal teve tempo de compreender as palavras de Silvia antes que ela saísse correndo, pelas calçadas, pisando nas poças d'água com suas sandálias. Heller ficou olhando enquanto a garota sumia de vista. Parado no meio da chuva torrencial, ensopado dos pés à cabeça, enquanto a cidade agradecia silenciosamente aos céus.
O som de uma gargalhada alcançou Heller. Ele olhou do outro lado da rua. Parado, no meio-fio, estava o jamaicano, que vendia guarda-chuva. Os braços estendidos, um sorriso que fez com que Heller esquecesse o resto do mundo, pelo menos por um breve instante.
– Acabei de vender os dois últimos, cara – ele ria e o som da gargalhada ecoava pelas ruazinhas entre os prédios. – Guarda-chuvas do oriente, meus amigos, vindos diretamente do oriente!
O grito do jamaicano encontrou-se com o berro da autoridade:
– Pára de fazer tanto barulho!

73

Heller e o jamaicano viraram-se para dar com Bruno, Bom de Briga, parado na esquina ao lado.

– O que foi? – gritou o jamaicano do outro lado da rua.

– Pára de fazer tanto BARULHO!

– Não dá pra parar a chuva, cara!

Bruno e o jamaicano começaram uma discussão que ressoava pelas ruas, as vozes escoando pelas sarjetas junto com a água da chuva. Heller olhou no relógio; os números digitais lhe diziam que estava atrasado para fazer sua última entrega.

Os pensamentos orbitando em torno de Silvia faziam com que o planeta de Heller se enchesse de encanto. O garoto soltou a corrente de sua bicicleta, e saiu voando deixando tudo isso para trás.

Seu grito selvagem arrebentou pelas ruas. Heller virou à esquerda abruptamente, passou voando por Bruno, espirrando água das poças por todo o uniforme.

– CAMPEONATO! – Heller bradava, pedalando em direção sul, afastando-se de Silvia e do choque de um conflito com o policial. O garoto distanciou-se, à espera da encruzilhada certa para tornar-se o foco de atenção novamente.

Mas a chuva tinha chegado e a cidade esfriava...

Pelo menos por enquanto...

CAPÍTULO 11

As rodas guincharam quando Heller puxou o freio da bicicleta na frente do apartamento que ficava no lado leste da cidade.

Desceu da bicicleta, apertou o cronômetro, verificou as horas.

– Droga. Treze e vinte.

Heller subiu pelas escadas empenadas e confrontou os mesmos sujeitos do Oriente Médio a caminho da porta de saída.

– Salim está em casa agora, se você quiser falar com ele...

Heller agradeceu, continuou a subir os degraus, o rosto com uma expressão séria, determinada.

Encontrou o apartamento.

Bateu na porta.

Conferiu seu cartão, estava no endereço certo.

A porta se abriu.

De pé, à sua frente, lá estava o mesmo homem que lhe abrira a porta do apartamento um pouco antes. Heller o reconheceu imediatamente e percebeu uma expressão semelhante, de familiaridade, no rosto do homem. Uma familiaridade mais profunda talvez, como quando se avista um velho amigo

no meio de uma multidão de estranhos, depois de anos sem vê-lo.
– Senhor Salim Adasi? – indagou Heller.
– Sim... – O sotaque era leve, com um jeito da Turquia, a voz relaxada. – Você é aquele garoto da bicicleta.
– Bom... – Heller não sabia como Salim teria descoberto isso. – Eu sou mais um mensageiro...
– Que tipo de mensageiro? – Salim lhe perguntou com uma curiosidade quase infantil.
– Da Agência de Mensagens Personalizadas – disse Heller.
As sobrancelhas de Salim se arquearam levemente.
– E isso quer dizer o quê?
– Bem, são mensagens... sempre chegam com um toque pessoal.
– Ah – os olhos de Salim se iluminaram –, entre, entre. Estamos todos precisando de boas notícias lá de casa.

Eles entraram juntos no apartamento. Seus passos arrastados produziam ruídos no piso de concreto. As paredes eram vazias, pintadas de amarelo, sem decoração, ostentando uma ou outra rachadura, uma teia de aranha. Muitos livros ocupavam o espaço restante, todos dispostos em pilhas pequenas. A luz diurna, acinzentada, passava pela janela, iluminando os grãos de poeira que dançavam no ar.

– Sente-se – disse Salim. O olhar era tão caloroso que Heller levou um tempo para habituar-se.

Heller sentou-se sobre a cama de armar, algo gemeu, murmurando um protesto ininteligível. Heller saltou fora, olhou para a cama. Um homem estava deitado nela, totalmente encoberto por uma manta velha. O coração de Heller disparou. Ele lançou um olhar a Salim Adasi.

— Sente-se em outro lugar — disse Salim. — Pegue uma cadeira.

Heller olhou ao seu redor. Percebeu que as pilhas de livros tinham sido dispostas de modo que substituíssem a mobília, servindo de cadeira, outra de mesa, de poltrona.

Salim fez um movimento com a mão.

Heller obedeceu ao gesto de Salim e sentou-se sobre uma pilha de livros, sentindo as páginas se amassarem com seu peso.

Salim sentou-se em sua própria pilha de livros velhos. Esfregou as mãos e colocou-as nos joelhos.

— Então, quem o enviou? Minha mãe? Ou minha irmã? Será que ela finalmente teve um filho?

— Foi sua irmã. Mas não se trata de um bebê. Ninguém teve um filho... É sobre Nizima.

O rosto de Salim encheu-se de esperança.

— Então, Nizima também virá?

— Acho que não... Sua irmã diz que ela vai se casar com outra pessoa... Ela disse que você sabe quem é.

Heller assistiu à mudança no olhar de Salim. O foco, mudou, ficou mais terno. Heller observou, esperando. Esperando porque ele sabia que era sempre os outros que falavam primeiro e era nesses momentos que Heller encontrava o que dizer.

Salim não disse uma palavra.

Heller não conseguiu ver nada através do olhar de Salim. Tentou lembrar se ele já tinha visto algo assim antes. Era

como se Salim não estivesse absorvendo a má notícia, mas sim *pedindo* para que a notícia desaparecesse.
Tudo isso sem dizer uma só palavra.
Heller observou se Salim estava falando alguma língua invisível, tentou adivinhar quão longo seria esse silêncio.
No andar de cima, o assoalho rangeu.
Heller limpou a garganta.
– Senhor Adasi, eu...
– *O desabrochar do gerânio cor-de-rosa* – começou Salim, a voz calma, de tom profundo, expressava sua compreensão.

– *Os sons do oceano,*
e o outono que chega com suas nuvens, a sabedoria da terra...
meu amor,
os anos se passaram.
E nós atravessamos tantas coisas,
É como se tivéssemos cem anos,
Mas ainda somos,
Crianças de olhos arregalados,
Correndo descalços na praia, de mãos dadas.

Heller falou sem pensar:
– Senhor Adasi, e se...
– *Nós poderíamos ter mil anos* – Salim repetiu. Fez uma pausa para pensar. Depois, disse: – Este poema foi escrito por Nazim Hikmet, um dos maiores poetas turcos que já pisou na Terra. Ele passou a maior parte da vida na prisão ou no exílio... E você pode me chamar de Salim...

Um segundo lentamente se passou antes que um gemido sonolento, na cama de armar, alcançasse os ouvidos de Heller. O homem adormecido esticou os pés, levantou-se, espreguiçou-se, sem se dirigir a Heller ou Salim. Passou por ambos a caminho do banheiro. Além de seus movimentos, só havia silêncio ao redor deles, depois dava para ouvi-lo urinando do outro lado das paredes estreitas.

Salim inclinou-se, trazendo o rosto para perto de Heller.

– Eles devem achar que fui louco por ter ficado apaixonado por uma mulher prometida a outro antes mesmo de seu nascimento... – Os olhos de Salim apontaram para o quarto ao lado, e ele levou o dedo aos lábios. – Existem coisas que eles não sabem.

A porta do banheiro abriu-se, o homem caminhou de volta à cama de armar. Desmaiou de sono, deitando a cabeça no travesseiro com um peso que era ainda maior do que o de seu corpo. Ele já adormecera antes que o primeiro suspiro escapasse de seus pulmões.

– Você me trouxe ótimas notícias... – disse Salim, a voz voltando a aquecer o quarto. – Isso é maravilhoso!

Heller ficou perdido.

– Conheço o meu trabalho, Salim. Juro que essas notícias *são* péssimas. Nunca dou boas notícias... Não é tarefa minha.

Salim contemplou Heller com um sorriso ambíguo. Heller tentou retribuir o sorriso, fazer algo, mas só conseguiu morder o lábio.

– Quantos anos você tem?

– Dezesseis.

Salim concordou com a cabeça. Esticou a mão e tocou os cabelos de Heller. Depois, abaixou-se, esfregando a mão numa pilha de livros que fazia as vezes de cadeira e depois tocou o rosto de Heller; deixou que o pó e a fuligem marcassem sua face, têmporas e testa. Heller ficou parado enquanto ele fazia isso, percebendo, lentamente, que o barulho de chuva voltava a tamborilar nas janelas.

Salim sentou-se e estudou Heller com um olhar crítico.

Ele sorriu:

— Agora, parece que você tem vinte e um anos. Vamos até o bar.

Heller foi até a janela, onde dava para ver seu reflexo. E, de fato, ele parecia mais velho.

O garoto respirou fundo, engoliu poeira.

Espirrou.

CAPÍTULO 12

Heller ficava repetindo a si mesmo que esta seria a última entrega do dia. De modo que ele só teria que aparecer no trabalho na manhã seguinte. Então, não carregaria o peso de mais obrigações. E era por isso que ele seguia Salim até o Village.

Livre de qualquer responsabilidade. Tempo livre. Os três caminharam lado a lado. Salim, Heller e sua bicicleta. Salim arrastava-se com um passo lento, firme. Confiável. Previsível, mesmo assim, Heller sentia dificuldade para acompanhar a caminhada do turco. O garoto estava calado, sem saber ao certo se ainda estava ali como um funcionário da agência ou não. Ele avançava em um território desconhecido. Caminhando com um desconhecido nas ruas conhecidas da cidade.

Salim também não dizia nada. Vez ou outra fazia uma pergunta, pedindo a Heller que lhe contasse algo, sem apressá-lo para que produzisse uma resposta.

— Você é da cidade, Heller?

— Passei a maior parte de minha vida por aqui.

Depois de alguns quarteirões:
— Você já foi à Turquia?
— Não.
— É um lugar diferente... Tem algo de especial, você sabe? É meu lar.

Em seguida, ele apontou para um espaço entre dois prédios.
— É aqui que eu montava meu sebo de livros. Acho que passei todos os dias aqui, durante três meses, antes de ser usurpado. Usurpado por alunos que montaram uma barraquinha para coletar dinheiro para os desabrigados. Depois, nunca mais encontrei um lugar tão bom quanto este...
— É um ponto muito bom.
— Era...

Não demorou muito para que Heller reparasse em algo. A sensação rondou sua mente por vários minutos até que finalmente ele compreendesse. Salim só falava quando estavam parados no cruzamento. Aguardando pela troca de sinal. Fora isso, durante a caminhada deles só se ouvia os ruídos da cidade.

Depois que Heller entendeu como funcionava, passou a fazer a mesma coisa.
— Há quanto tempo está em Nova York, Salim?
— Há um ano.
— Você fala inglês muito bem.
— Aprendi inglês em Istambul... Hoje em dia, a gente tem que falar inglês; é uma necessidade.

Heller estava se divertindo com o ritmo da conversa. Quando chegaram a outro cruzamento, o garoto retomou de novo:

— Eu não falo turco.
— Você fala curdo?
— Não...
Agora, foi a vez de Salim se divertir:
— Claro que não.

Durante a caminhada, até o lado leste, começou a anoitecer. Eles percorreram a rua Laguardia, parando no cruzamento da rua Hudson. O movimento de milhares de carros somava-se à brisa leve que acompanhara a tempestade.

— Você gosta de viver na América? – perguntou Heller.

Salim não respondeu. Eles avançaram mais um quarteirão, depois pararam.

Heller olhou para Salim, percebeu que os olhos dele se perdiam no entardecer. Em volta deles, a vida noturna surgia nas portas iluminadas, no vapor que subia pelas ruas.

— Você só consegue chamar um lugar de seu lar depois de ter enterrado um ente querido nele – disse Salim a Heller. – O profeta Maomé nunca disse que voltaria dos mortos. Ele sabia que não seria necessário... Então, o que acontece em seguida? – os olhos de Salim estavam distantes. – Você fica imaginando. Só imaginando. Você imagina até encontrar um lugar para chamar de lar. Para um mulçumano, isso é fácil de esquecer... – Ele fez uma pausa, aguardando que o sinal abrisse...

O sinal ficou verde e ambos atravessaram a rua, tomando a direção oeste, dirigindo-se a Bleeker. Lojas de piercing, clubes de jazz e pizzarias que cobravam um dólar e setenta e cinco centavos a fatia.

— Se você é um mulçumano — Heller aventurou-se, ciente que estavam na metade do caminho —, então como é que a gente está indo para um bar?

Salim aguardou até que tivessem alcançado a esquina da rua Bleeker com a MacDougal, onde parou para pensar:

— Eu nunca bebo... — Ele disse de um jeito que levou Heller a pensar que havia algum segredo nessa história toda. — Mas um casamento curdo dura vários dias... Eu acho que Deus compreenderá.

— Será?

Salim fez que sim com a cabeça.

O trânsito continuava a seguir seu ritmo.

CAPÍTULO 13

As escadas os levaram a um bar no subsolo, chamado Creole Nights.

Bastou descer dez degraus, para Heller sentir como se tivesse entrado em outro mundo. Ainda era Nova York. Porém, menor. Um pequeno mergulho. Não era apertado. Era confortável.

As paredes eram de um amarelo encardido, rachaduras exibiam uma cor esbranquiçada com a qual tinham sido pintadas antes. Candelabros iluminavam a sala, tendo como fundo o brilho suave, alaranjado de luminárias inseridas no bar. As mesas eram meio bambas, bem como as cadeiras. No teto, havia várias fileiras de chapéus de palha, pendurados de cabeça para baixo. Um gato tigrado perambulava pelo chão liso, vermelho, cheio de pontas de cigarros.

Era cedo. Duas garçonetes na ponta do bar cortavam fatias de limão, alguns haitianos batiam papo com a garçonete do bar. No fundo, alguns músicos arrumavam seus instrumentos, comparando as partituras.

Todos eles cumprimentaram Salim, quando ele entrou, como se fosse um velho amigo de guerra. Ele ergueu os braços, como se envolvesse o grupo inteiro num abraço caloroso. Caminhou até o bar, cumprimentou todos os que estavam por lá, beijou as garçonetes e o rapaz do bar. Riu com as outras pessoas e retribuiu todos os sorrisos que recebeu.

O lugar era acolhedor. Realmente caloroso.

Heller ficou parado na porta, tímido, observando tudo, curioso e inseguro. Olhou para trás, nas escadas, para verificar se sua bicicleta ainda estava acorrentada na árvore. Certificando-se de que a cidade continuava no mesmo lugar, que ele não tinha caído em nenhuma toca de coelho. Heller apoiava-se num pé, depois no outro, cruzando e descruzando os braços.

O som de reggae saía suave dos alto-falantes.

Uma das garçonetes, uma loira de olhos muito azuis e arredondados, rosto de criança, atravessou rapidamente o recinto. Calças pretas, um cinto enfeitado com pregos de metal. Camisa preta, uma figura impossível de ignorar; Heller ainda tentava fingir que não a via, quando a garota aproximou-se dele, um sorriso delicado e uma agradável rouquidão de fumante.

— Você quer uma mesa?

— Eu vim com o Salim — respondeu Heller, sentindo-se muito tímido para encará-la. — Entrei aqui com ele.

— Ah, o Salim... — ela disse, como se Heller tivesse pronunciado uma espécie de senha. — Vou levá-lo à mesa de sempre.

A garçonete o conduziu a uma mesa redonda. Heller sentou-se dando as costas a um grande mural que representa-

va uma multidão reunida numa vila do Caribe. A garçonete entregou-lhe o cardápio. Tirou uma caneta dos cabelos.
– O que posso lhe servir?
Heller ficou olhando a lista de bebidas como se estivesse lendo latim. Em pânico, apontou para um nome ao acaso e chutou:
– Como é que é essa Bola de Melão?
– Você não vai querer essa bebida!
– Não?
– Ninguém toma isso, é feito beber xarope.
– Bom, então o que é que você recomenda?
– Uísque Jack Daniel's – ela lhe disse com uma voz incrivelmente segura.
– Ele só quer um refrigerante – Salim lhe disse, sentando-se à mesa com um sorriso muito esquisito. – Não quero corromper você, meu amigo, com seu veneno americano.
– Não é veneno – ela insistiu –, é luz do sol!
– Traga só um refrigerante para o garoto e um gim duplo com tônica para mim.
– Não.
– Como é, querida?
– Não.
– Por favor, minha querida.
– Não.
– Vou ter que implorar? – Salim uniu as mãos, fazendo cara de cachorro perdido.
A garçonete sorriu de um jeito estranho, piscou para Heller e voltou ao bar.

Salim riu e virou-se para Heller.
— Esta é a Wanda. Ela veio do Kentucky. Wanda escreve poesia e os poemas são lindos. Ela tem um senso de humor diferente, você não acha?
— Ela é linda — Heller disse sem pensar. Depois, fechou a boca, mordeu o lábio, tentando mudar o comentário, acrescentando: — Quer dizer, ela é astuta.
— Astuta, linda... — Salim mexeu-se na cadeira, apontou para o bar. — Você está vendo aquele homem com óculos e bigode, encostado na parede do fundo? Aquele é o Zephyr. Ele veio do Haiti. É o proprietário. E a garçonete do bar? Repare na moça alta, coreana. Aquela é a Janete. E o homem que está conversando com ela, de cabeça raspada e terno? É o marido, Felix. Ele também veio do Haiti.

Heller balançou a cabeça, tentando reunir as informações.
— Você disse que está em Nova York há um ano.
— É.
— Você tem muitos amigos.
— E se você viveu aqui a vida toda, deve ter muito mais amigos do que eu.
— Conheço umas pessoas — Heller deu de ombros. — No trabalho, acabo conhecendo gente, nos apartamentos, nas casas... Eu conheço muita gente.
— E todas aquelas pessoas que aplaudiram você na rua?
Heller percebeu que Salim o vira antes, naquele mesmo dia.
— Bem, é diferente... Aqueles não são amigos de verdade, são pessoas que me vêem passar de bicicleta.
— Eu já vi você de bicicleta.

A CIDADE EM CHAMAS

Heller não disse nada.
Wanda, a garçonete, chegou com as bebidas. Entregou o gim com tônica para Salim e o refrigerante para Heller. O garoto murmurou um obrigado desajeitado, esperou que ela saísse para dizer a Salim.
– Meu pai não liga se eu bebo, sabe.
– Seu pai está bem longe daqui.
Heller olhou para Salim e bebeu seu refrigerante.
– ADASI!
Salim voltou à porta, os olhos iluminados.
– Velu! Christoph!
Heller ergueu a cabeça para ver melhor. Entrando no Creole Nights estava Christoph Toussaint. Ele vinha acompanhado de um índio estranho cujas feições pareciam conter uma astúcia de raposa. Ambos abraçaram Salim e Christoph ia apresentar-se a Heller, quando percebeu que já o conhecia.
– O ciclista! – ele disse abrindo um grande sorriso. – É o nosso segundo encontro do dia!
Heller ficou espantado.
– Oi.
– Vocês já se conhecem? – perguntou Salim.
– Ele salvou minha vida, cara – disse Christoph.
– Bom... – Salim pareceu feliz. – Parece que você já tem amigos, Heller.
– E parece que preciso me apresentar – disse o índio, estendendo a mão. – Meu nome é Velu.
– Velu – Heller apertou a mão do índio com força.
– Quem quer bebida? – perguntou Christoph, virando-se para Heller. – O que você quer tomar, ciclista?

— Uísque.
— JACK DANIEL'S PARA O MENSAGEIRO!
— Não — insistiu Salim —, ele está ótimo. Eu também. Peça um gim para Velu e você pode ficar com aquele seu veneno francês que você adora.
— Remy Martin não é veneno — insistiu Christoph, caminhando pelo bar e cumprimentando todos os fregueses habituais. Creole Nights estava começando a ficar lotado, a energia aumentava e subia pelas paredes, preenchendo os espaços entre as pessoas. Heller percebeu que olhava em cinco direções diferentes ao mesmo tempo, louco para ter um par de olhos extra, uma necessidade de saborear o ar que respirava.
— Parece que vou querer uma outra bebida, afinal... — observou Salim. Ele ficou de pé, ofereceu sua cadeira a Velu, depois foi ao encontro de Christoph. Velu sentou-se com um movimento fluido, como se fosse capaz de sentir-se confortável em qualquer situação. Adaptável.
— Você é mensageiro? — perguntou a Heller.
— Mensageiro ciclista.
— E foi assim que conheceu o Salim?
— E o Christoph.
— O mundo é pequeno.
— Este bar é pequeno.
— Exatamente.
Heller viu-se tendo essa conversa, esforçou-se para esquecê-la, tentou dizer outra coisa e não conseguiu. Mordeu os lábios e esperou que Velu dissesse algo.
— Então, você trouxe boas notícias a Salim?

A CIDADE EM CHAMAS

– Parece que Salim tem essa opinião – Heller disse, hesitante, fingindo que brincava com as bolhas de seu refrigerante. – Como você o conheceu?

– Ele... trabalha para mim. Eu precisava de um bom homem que soubesse vender livros e tive uma impressão muito boa dele. Salim foi bibliotecário em Istambul. Ele conhece tudo sobre livros, fala oito idiomas diferentes...

– Então, você é o patrão dele.

– Eu lhe forneço os livros...

– Para quem você trabalha?

Velu custou a responder. Acendeu um cachimbo. A fumaça tinha um leve cheiro de talco, fazendo com que Heller, momentaneamente, fosse levado de volta à infância.

– Fui para a Índia quando tinha quatro anos – ele disse.

– Sozinho? – perguntou Velu.

– É – respondeu Heller.

– Eu também...

Salim e Christoph voltaram à mesa, rindo alto, sentaram-se e distribuíram as bebidas.

– Está tudo bem com você? – perguntou Salim.

– Tudo bem.

– Velu está cuidando bem de você? Espero que sim!

– Eu trato bem todo mundo – disse Velu.

– Bem... – disse Salim sem dar-se ao trabalho de terminar a frase.

– Bem mesmo – acrescentou Christoph.

Pausa.

Todos começaram a rir do nada, ao mesmo tempo. Heller os acompanhou e todos repararam no ar assustado que se

91

estampou em seu rosto quando ele ouviu o som da própria risada. As gargalhadas continuaram, meio à toa e Salim propôs um brinde:
— A Paris!
— Paris, França ou Paris, Texas? — perguntou Heller.
— Páris de Tróia, quem mais poderia ser? — disse Velu.
— Ao homem que começou toda a história! — continuou Salim falando sem parar. — Ele chegou com apenas uma promessa da deusa do amor, raptou Helena, debaixo do nariz do marido dela e todos aqueles gregos!
— Já vi que teremos uma noite daquelas — disse Christoph suspirando.
— E *todos aqueles gregos* mantiveram Tróia em estado de sítio durante dez anos — Velu disse a Salim.
— Nós já tivemos essa conversa antes — disse Christoph.
— E o resto daqueles gregos queimou a cidade inteira! — continuou Velu, a voz alterada. — O resto daqueles gregos estuprou e assassinou tudo o que encontrou pela frente, e durante dez anos, Páris não teve coragem de lutar!
— Mas... — Salim ergueu a mão — durante dez anos, ele fez amor com Helena todas as manhãs, tardes e noites.
Heller tossiu, mexendo-se na cadeira.
— Salim afirma que o pai dele nasceu no lugar onde Tróia existiu — Velu explicou a Heller —, então, Salim acredita que isso lhe confere um tipo de percepção extra-sensorial. Afinal de contas, quem precisa de Homero, documentação histórica e as nove cidades de Tróia descobertas nos últimos cem anos por dúzias de arqueólogos?

Christoph cutucou Heller.

– Essa conversa era interessante nas primeiras quinhentas vezes em que virou uma discussão. Nas outras milhares de vezes em que eles brigam por causa desse assunto, já perde um pouco a graça.

– Então, vá embora – disse Velu.

– É, pode ir – concordou Salim.

– Ah, chega – Christoph propôs outro brinde. – A Páris e Nizima.

Todos beberam, com exceção de Heller, que fez o máximo para ficar invisível.

– Então, quando é que vai rolar? – perguntou Velu. – Quando começa a guerra? Porque você sabe que eles virão buscá-la, e a tempestade já começou a se formar, lá estou eu prestes a perder meu vendedor de livros preferido...

– *Você* – disse-lhe Salim – não vai perder nada, porque Nizima não virá.

A conversa parou no meio. Velu e Christoph olharam para Salim, que não fez nada para esticar o papo e ficou só mexendo na bebida ritmicamente. Os sons do bar aumentaram, todos voltavam para suas mesas: copos que tilintavam, cadeiras que arranhavam o chão, Zephyr e seus empregados que gargalhavam. Silêncio pesado, espesso de fumaça.

Velu virou-se para Heller como se estivesse procurando algo.

Heller o encarou, depois balançou a cabeça dizendo:

– Ela não vem mais.

Velu e Christoph entreolharam-se, compreendendo por que estavam todos ali. Christoph cutucou Heller pela segunda vez naquela noite e terceira vez naqueles dois dias:

— Conte para eles o que você me disse, ciclista.

Heller virou-se para Salim.

Salim parecia calmo. Triste e conformado. Nizima estava muito distante, uma distância infernal, impossível de superar de uma hora para outra.

Heller não disse nada.

— Às vezes é bom guardar segredo das coisas — Salim lhe disse —, mas só de vez em quando. Às vezes é melhor assim.

A banda começou a afinar os instrumentos e a luz ficou mais fraca, sombras e focos de luz se misturando por meio das chamas de uma dúzia de velas.

— A Páris e Nizima — disse Heller.

Todos brindaram e tomaram o resto das bebidas.

A banda fazia sua segunda apresentação da noite.

Quase todos os lugares estavam cheios no Creole, algumas mesas com mais de uma pessoa, havia vários fregueses diferentes. O ar no subsolo estava intenso, como se fosse uma correnteza desaguando numa cascata. Os olhos familiares de centenas de estranhos passando nas ruas, atraídos pelos sons subterrâneos. Bebia-se e os minutos se passavam, marcados pelo brilho de um relógio eletrônico pendurado na ponta do bar.

O brilho do relógio eletrônico não tinha atraído o olhar de Heller desde que ele entrara pela porta da frente. Talvez tivessem se passado horas – ele não saberia dizer. Sua cabeça deslizava facilmente naquele lugar. Ao longo da noite, ele sentiu-se dissolver lentamente, misturando-se ao ambiente, tomado por uma sensação de que não tinha mais nenhuma importância onde ele começava e onde terminava o bar.

Uma eternidade.

Christoph e Velu tinham se aventurado a caminhar até a outra ponta do bar antes e, agora, Heller ouvia Salim discutir com um jovem chamado Lucky Saurelius, de vinte e dois anos.

– E você pensa que o amor não tem a menor importância?

– Salim perguntava em tom de acusação.

– Eu disse que amar é perigoso – esclareceu Lucky.

– Não vale a pena, certo?

– Não foi isso que eu disse.

– O que você está dizendo? – Salim riu, abraçou Lucky com puro afeto. – Vocês, escritores, são todos iguais! Ninguém os entende até que comecem a colocar o preto no branco!

– Ninguém nos entende, mesmo depois de termos colocado o preto no branco, mas, quando chega nesse ponto, ninguém quer admitir.

Salim riu, virou-se para Heller.

– O amor, meu amigo. O que você acha dele?

– Sei lá – disse Heller, lançando um olhar a Lucky, reparou que o jovem o observava de perto, olhos fundos, marcados precocemente. – Você tem namorada, Lucky?

O jovem acendeu um cigarro, tomou um gole de cerveja.

– Eu tinha uma namorada... O nome dela era Helena... E agora ela está em Paris.

– Paris, na França, ou Paris no Texas?
– Ah, Paris – Salim disse melancolicamente.
– A primeira opção, Paris, na França.
– Ela é parisiense?
– Ela é de New Jersey.
– E você também?
– Lucky veio do Chile – disse Salim, depois reparando em algo. – O que é isso?
– Isso o quê? – perguntou Heller.
Salim apontou para o copo de bebida diante de Heller.
Lucky olhou para Salim e disse:
– Uísque com coca-cola – e, antes que Salim dissesse alguma coisa, acrescentou: – Eu paguei a bebida para ele.
– Quando?
– Enquanto você estava no banheiro – disse Heller.
– Isso foi há uma hora e meia.
Lucky e Heller trocaram olhares, duas crianças pegas comendo doce antes do jantar.
– E depois eu trouxe mais um copo – admitiu Lucky.
– E outro depois – disse Heller.
– E depois mais outro ainda, suponho? – perguntou Salim.
– É – confessaram.
Salim balançou a cabeça.
– Bom... já que estamos num bar – ele colocou a mão no ombro de Heller e apertou. – E somos todos amigos... Então, se tiver que acontecer alguma coisa, pelo menos que aconteça entre amigos.

Salim levantou-se e caminhou até o bar. Heller o observou enquanto se afastava, com jeito preocupado. Salim começou a falar com Zephyr, contando uma história, cheio de uma energia e carisma que exigiam atenção. Heller lembrou-se de algo e voltou-se para Lucky.

– Vocês dois nasceram no Chile? – indagou Heller, interessado.

– Eu nasci em Amsterdã.

– Você é holandês?

– Não.

– Então é chileno, certo?

– Meus pais são de lá e eu morei um tempo no Chile; mas isso não me torna um chileno.

– Então... – Heller estava tentando entender. – Você é americano.

Os olhos de Lucky perderam o foco, como se ele olhasse para dentro por um momento. Ele deu de ombros.

– Eu não sei o que significa ser americano. Você sabe?

Heller fez que não com a cabeça.

– É difícil compreender... – disse Lucky. – Olhe só para Salim. Ele é meio a meio.

– Meio a meio o quê?

– Meio a meio... Tudo. – Lucky tragou seu cigarro e soltou a fumaça pelos lábios. – Meio espiritualista, meio sensualista. Meio turco, meio curdo. Meio são, meio louco. Meio santo, meio bobo... – A voz de Salim explodiu no balcão do bar, fazendo a apologia de Paris. – E, até o fim da noite, eu suspeito, meio gim e meio tônica.

Heller concordou com a cabeça. Deixou que os olhos percorressem o lugar, abandonando Lucky com seus próprios pensamentos. O garoto enfiou a mão no bolso e tirou de dentro dele a foto que roubara de Silvia naquele mesmo dia. Ele a segurou perto dos olhos, esforçando-se para enxergá-la sob aquela luz de fim de noite. As formas lentamente começaram a surgir depois que seus olhos se adaptaram à luminosidade. Silvia estava sentada perto da janela, lendo um livro, sem perceber a presença da câmera, brincava com uma mecha de cabelo. Usava uma camiseta e bermudas cor de laranja. A luz solar derramava-se sobre ela, conferindo-lhe uma aura dourada. Ela parecia ser uma deusa feliz, de uniforme.

Heller olhou para cima, viu que Lucky parecia perdido em pensamentos.

– Lucky?

Lucky voltou a ficar atento num minuto, e fez sinal para que Heller continuasse.

– Você sabe alguma coisa sobre as chilenas?

Lucky deu um leve sorriso. Muito leve, embora seus lábios lembrassem um sorriso mais cheio, que já existira, em algum ponto do passado. Ele acendeu um cigarro e bebeu um gole de cerveja.

– Meu primeiro grande amor – ele disse –, meu primeiro grande amor, aquele que me parece verdadeiro em retrospectiva, era uma garota chilena.

– Como era ela?

Lucky pensou um pouco antes de responder.

– Ela sabia da importância de ficar acordado até o amanhecer...

– Então, você sabe como são as chilenas...
– Se eu soubesse, provavelmente ainda estaria com ela... – Lucky deu uma olhada na foto que Heller segurava nas mãos. Fez que sim com a cabeça, compreendendo tudo. – Você precisa conversar com uma outra pessoa, uma hora dessas. Você precisa falar com Salim...
Lucky ficou de pé, uma tristeza que se misturava com fumaça de cigarro. Ele agarrou o braço de Wanda quando ela passou por eles, trazendo a garota para perto.
– Dance comigo, Wanda – disse ele.
– Você tem saudades da Helena?
Lucky assentiu com a cabeça.
– Ah, Lucky, você é um pobre lunático.
– O mundo vai acabar, Wanda.
– Eu sei.
– Vamos dançar.
Wanda colocou os braços em volta de Lucky e os dois começaram a mover-se conforme a música. Os haitianos na ponta do bar fizeram um coral de gritos e aplausos para encorajá-los. Zephyr, Velu e Christoph deram-se as mãos, rindo.
– *Música!* – gritou Zephyr.
Heller ficou olhando o casal dançar. Sua cabeça começou a rodar, suavemente, a sala foi perdendo os limites, despencando, martelando. Heller observou Lucky e Wanda dançando, de olhos fechados, flutuando naquele subsolo ao lado das ruas da cidade.
– Está com ciúmes, meu jovem amigo?

Heller descobriu que Salim tinha dado um jeito de voltar para a mesa. Reclinado na cadeira, de pernas cruzadas, uma expressão astuciosa, jovial.

– Por que eu teria ciúmes?

– Wanda é linda, você mesmo me disse há pouco.

Heller olhou para a foto que tinha em mãos, depois a entregou a Salim. Ele a aceitou, examinando a foto longamente. Olhou para cima, encarando Heller.

– Eu tenho uma namorada – disse Heller, jogando os ombros para trás, empinando o peito e engolindo sua bebida.

– Não preciso ter ciúmes de ninguém.

Salim continuou a encará-lo.

A música terminou, e o recinto se encheu com o som das palmas.

– Você tem uma namorada – disse Salim. – Isso merece uma bebida.

– Permita-me – disse Heller, ficando de pé.

O garoto caminhou até o bar, aos saltos. Atravessou a multidão, deu um jeito de entrar no meio de duas cadeiras e acenou para Janet, a garçonete.

– Gim e tônica, Jack e coca-cola.

Janet concordou com a cabeça, preparou as bebidas, anotando mais três outros pedidos e berrando para os outros ajudantes.

Heller olhou ao seu redor, ainda espantado com a súbita mudança das dimensões da sala. Olhou para o bar. Heller franziu a testa, piscou, as pálpebras escorregando pesadas por cima dos olhos.

Lá longe, na outra extremidade, estava Dimitri Platonov. Sozinho, meditando ao lado de um copo de vodca. Heller viu quando Dimitri terminou de tomar sua bebida e levantou a garrafa para encher o copo de novo.

Era como observar o sol nascer no meio da noite, uma estrela cadente cortar os céus. Heller começou a caminhar em direção a Dimitri. Lenta e cautelosamente, imaginando o que atraíra Dimitri àquele bar no subsolo, se é que ele estava realmente lá. Ombros, cotovelos e quadris esbarravam em Heller, palavras misturadas separavam-se e juntavam-se em sua cabeça vindas de centenas de bocas diferentes.

Heller chegou até a ponta do bar.

– Gim e tônica, uísque e coca-cola, ciclista!

Heller virou-se e viu Janet colocar as bebidas diante de ambos, os copos enfeitados com canudinhos vermelhos.

– Quanto é? – perguntou ele.

– Christoph está bancando tudo!

Heller olhou do outro lado da sala e viu Christoph lhe acenando. Retribuiu o cumprimento, apanhou as bebidas, virou-se para Dimitri.

Mas só havia uma mesa vazia.

Heller olhou ao seu redor, percebeu que uma porta do bar se fechava, como se alguém tivesse subido as escadas correndo, saindo pela noite afora. O garoto esforçou-se novamente para atravessar a multidão, carregando as bebidas, os conteúdos dos copos espirrando para todo lado, ondinhas de bebida que estouravam no ar, escorriam por suas mãos, derramando pelo chão.

Chegou até a porta. Olhou através do vidro, para o alto das escadas.

Nem sinal do Dimitri.

Já era de madrugada.

A bicicleta de Heller ainda estava presa à árvore, do jeito que ele a deixara.

Heller ficou bastante tempo parado ali.

CAPÍTULO 14

Eles saíram do Creole Nights, chegaram nas ruas, rindo feito dois idiotas. Heller estava bêbado. Salim tentava segurar sua bebida e manter Heller de pé enquanto se encaminhavam para a bicicleta do garoto. As gargalhadas de Salim diminuíram e ele começou a cantar, em turco, de modo que Heller não compreendia uma só palavra.

– *Ondort binyil gezdim pervanelikde...*

Heller abriu a boca, tentando cantar também.

– Ondo inle, guess dim, punderva...

– Não, não – Salim corrigiu... – *Ondort....*

– Ondor...

– ... *Bindyil*

– Bindeal...

– *Pervanelikde.*

– Per.... – Heller arrotou. – Pervanedlined.

Desataram a rir novamente. Um casal que passava viu aqueles dois dando tapinhas nas costas aproximar-se um do outro. Salim tentou ajudar Heller a subir na bicicleta, enquanto Heller ficou olhando para o casal espantado.

– Minha namorada é tão linda... – disse Heller, a voz arrastada.

– Hmm – Salim cruzou os braços –, qual é seu escritor preferido?

– ... Ela tem olhos... – continuou Heller. – O olho dela, Salim, é tão escuro que dá pra gente despencar dentro deles. Perder a chave de casa.

– Como é que vocês se divertem juntos?

– ... O corpo dela é fantástico...

– Heller?

– O sorriso é inacreditável...

– Qual é o sobrenome dela?

Heller levantou a cabeça e a manteve parada.

– O quê?

– Qual é o sobrenome dela?

Heller parou para pensar nisso. Pensou ainda mais um pouco.

– Heller?

– Sim, senhor!

– Você não tem namorada.

Heller ia começar a protestar, mas parou. Ele concordou com a cabeça, bêbado, deu um tapinha no ombro de Salim.

– A Páris.

O garoto começou a pedalar rua abaixo. Mas a rua não parava quieta e Heller vacilou, parou e caiu sobre uma pilha de lixeiras. Ele olhou para o céu através dos ramos de uma árvore, não viu estrela nenhuma. A água da tempestade havia ensopado sua camiseta, que agora grudava em sua pele.

Salim entrou em seu campo de visão.
Heller sorriu para ele.
— Heller — disse Salim, ainda de braços cruzados. — Você não tem namorada.
— Bom, é verdade, mas você também não.
Salim olhou para o céu, focalizou a vista em algo, e disse:

O que será que ela está fazendo agora?
Bem agora, nesse instante?
Será que ela está dentro ou fora?
Talvez ela tenha um gatinho no colo.
Ou talvez ela esteja subindo uma escada –
Que aqueles pés adorados a tragam diretamente a mim
Em meus dias de tristeza.
O que será que ela pensa de mim?

Heller suspirou, acomodou-se no meio das lixeiras.
— Nazim Hikmet?
— Você se lembra.
Heller sorriu levemente, ergueu um cavalinho de madeira.
— Olha só o que encontrei...
Salim concordou com a cabeça.
Heller perdeu os sentidos...

CAPÍTULO 15

Ele se lembrava de algumas coisas. Salim caminhando nas ruelas da cidade, iluminado pela luz alaranjada das ruas. Heller pendurado nele, tentando murmurar frases como "cuidado, minha bicicleta é frágil". Salim desacelerando sua caminhada para certificar-se de que a bicicleta não fosse danificada. Um cruzamento, Salim falando coisas sobre Nizima, algo sobre sentir-se livre sob o céu noturno, sem muros que impedissem a visão das estrelas noturnas. Heller parando num banco, sentando-se, vomitando. Salim oferecendo um lenço. Um cachorro vira-lata que apareceu depois. A porta do apartamento de seus avós. De deitar-se na cama, de barriga para baixo, com a foto de Silvia na mão. De examiná-la de perto.

De ser impossível manter-se acordado.

CAPÍTULO 16

O som não parecia vir do despertador. Heller tinha só imaginado. Ele se esticou, abriu os olhos. Era manhã. A luz do sol cortava seus olhos e ele os fechou bem forte. Deixou escapar um leve soluço. Sua boca estava seca, os cantos dos lábios grudados de saliva. O corpo coberto de suor. Heller tinha esquecido de tirar as roupas. Os acontecimentos daquela noite surgiram em sua mente misturados com a dor de cabeça. O som do despertador continuou e, lentamente, Heller percebeu que era a campainha do telefone.

Um telefonema.

Lentamente, bem devagar mesmo, Heller ficou de costas na cama. Esticou a mão, apanhou o telefone, tentando mexer-se o mínimo possível. Colocou o fone no ouvido.

— Alô?

Em seus ouvidos, um grito monstruoso de ACOOOOOO-OOORDE!

O cérebro de Heller abriu-se no meio, pelo menos, essa foi a impressão que ele teve.

O garoto saltou na cama, tentou afastar a dor e caiu no chão. A cabeça de Heller atingiu o chão, o ouvido ainda no telefone.

O grito, do outro lado, sumiu, e surgiu a voz de Rich Phillips, alta, confiante.

Alta demais.

– Alguém com um futuro tão incerto, aqui dentro da firma, não tem nada que ficar chegando atrasado para o trabalho, Heller!

Heller levantou-se, e o movimento súbito fez com que o quarto girasse em sua cabeça. Apertou as têmporas, confuso, e olhou as horas.

9h45.

– Quanto tempo você levará para chegar aqui de bicicleta? – Rich perguntou, um tom de desafio passando pelo fio.

– O quê? – grunhiu Heller.

– Por que eu já estou com o pé na rua, ciclista.

Do fundão, Heller ouviu o som de palmas, e a voz de Iggy, calma e segura.

– Heller, você está vivo?

Heller olhou à sua volta, procurando os sapatos.

– Eu não tenho certeza...

– Bom, não importa. Rich está na rua com sua primeira mensagem na mão, mas eu já apostei um dinheiro de que você consegue chegar primeiro do que ele. Você tem uma caneta?

– Eu não tenho nada, Iggy.

– Então, preste atenção... Rukes. Um tal de senhor Rukes. Na rua Greenwich número 1.312.

– Perto da avenida West Side?

– Por aí mesmo.

– Mas fica do outro lado do planeta!
– Não para o Rich Phillips.
Heller apanhou os sapatos, sentou-se no chão rapidamente.
– O que aconteceu?
– Você tem certeza de que quer entregar essa mensagem?
– O que foi que aconteceu com Rukes!?
– Perdeu a mulher e dois filhos – Iggy disse a Heller enquanto ele calçava os sapatos. – Eles estavam tentando sair da Albânia, atravessando a Itália. O barco virou, cento e vinte pessoas morreram... Esta pode não ser a última notícia do acidente que entregaremos hoje.

Heller terminou de amarrar os tênis, parou na porta da frente.

Correu de volta ao quarto e apanhou a foto de Silvia que tinha ficado em cima do travesseiro.

Voltando à sala de estar, Heller viu um vazio no lugar onde ficava sua bicicleta. O coração dele subiu na garganta.

Passou os olhos no resto da sala, correu para a cozinha, viu um bilhete sobre a mesa. Heller correu, apanhou o bilhete e leu: "Tem presunto no congelador."

Heller amassou o papel, enfiou no bolso, correu até o quarto dos avós. Tudo normal. Saiu, virou-se, dirigindo-se à porta do apartamento, abriu a porta, desceu as escadas correndo, saltando dois degraus de cada vez.

Saiu pela porta da frente, diretamente para as ruas.

A bicicleta estava parada lá fora, presa no parquímetro.

Heller sentiu lágrimas de alívio encherem os olhos.

E antes que ele parasse para pensar como a bicicleta o acompanhara até sua casa, já estava de joelhos, soltando a corrente, murmurando o endereço e detalhes de sua mensagem, imaginando a velocidade que conseguiria alcançar pedalando. Na certa ele seria mais rápido do que Rich Phillips.

CAPÍTULO 17

Heller desejou que alguém estivesse filmando o evento – ele tinha certeza de que os recordes mundiais seriam quebrados a cada trecho da louca corrida rumo à rua Greenwich. O garoto realmente sentiu o corpo esticar enquanto se aproximava na velocidade da luz. A Quinta Avenida e tudo ao seu redor se transformaram num túnel móvel. Era como se ele atravessasse os pedestres no lugar de passar por eles, mergulhando nos carros no lugar de obrigá-los a desviar-se de sua bicicleta, sentindo as rodas deslizarem acima da superfície das ruas e calçadas.

Ele já percorrera metade da cidade e agora se dirigia ao sul, a imagem de Rich Phillips na cabeça. Heller esperava que a construção que interceptava o cruzamento da rua Bowery com a rua Canal ainda estivesse bloqueada, atrapalhando o trânsito, pois atrasaria Rich. Se o bloqueio não o forçasse a manobrar pelas ruas apinhadas de Chinatown, pelo menos o deteria um pouco.

Heller pedalou ainda mais rápido, o zumbido das rodas guinchando em alta freqüência, atraindo cães à direita e à esquerda, que latiam e o perseguiam, derrubando latas de lixo e tropeçando nas pessoas que Heller teria poupado, caso estivesse pedalando sozinho.

O dia estava quentíssimo e Heller injetava a dor que sentia nos músculos e na cabeça em sua bicicleta, suando gotas de álcool. A vista focalizada, apesar das teias de aranha avermelhadas que pulsavam nos olhos, atento a cada pequeno detalhe que sinalizasse perigo no meio do trânsito intenso.

Um caminhão gigantesco brecou abruptamente no meio do cruzamento da Quinta Avenida com a Oitava, um bólido trazendo o logotipo da loja de brinquedos Toys'R'us.

Não dava para contorná-lo, e Heller abaixou a cabeça, inclinou levemente a bicicleta e deslizou por debaixo dele. Seus cabelos acariciaram o chassi e Heller, rapidamente, saiu do outro lado, para atravessar voando o parque da praça Washington.

Ele abria caminho entre as pessoas gritando:

– CAMPEONATO!!!!!!!!

Era uma cena épica, o garoto dividia a multidão ao meio. Era como uma platéia que o aplaudia ao final de uma corrida.

Mas Heller sabia que a corrida ainda não havia terminado e, diante dele, ao longo da parte sul da praça, uma enorme construção surgira da noite para o dia. O mesmo tipo de obstáculo que Heller imaginava estar no caminho de Rich Phillips, agora cortava seu trajeto, colocando em risco todo seu esquema.

Heller tinha apenas alguns segundos para pensar, mas seria o suficiente.

Rich poderia ter sido detido pela construção no lado leste, mas não Heller. Estas ruas lhe pertenciam e ele não se renderia só porque alguém tinha pensado que o progresso era uma boa idéia.

Heller ultrapassou as tabuletas da construção, enfiou-se num amontoado de caldeirões, pranchas e maquinaria pesada. Ninguém teve tempo de detê-lo quando passou em alta velocidade subindo a rampa para o segundo andar da construção. Ele recusou-se a parar, determinado a ficar para a história, pelo menos na própria imaginação, senão na dos outros.

Ele não parou nem sequer quando saltou da beirada.

E saiu voando.

Heller imaginou que realmente estivesse voando. Ele não olhou para as calçadas, lá embaixo, só à sua frente, apreciando cada minuto de tudo o que avistava de cima. Sentindo leveza.

Ainda pedalando no ar, sem esforço, sem nada de concreto que interferisse com seus movimentos. O vento o carregava e Heller realmente acreditou que finalmente tinha encontrado um lugar em toda cidade onde a temperatura era fresca, perfeita.

Ele nem sequer se preocupou em aterrissar.

Quando atingisse o solo, ele se preocuparia com isso.

Rich Phillips virou a esquina e quase deu uma trombada em Heller.

Heller estava de pé, ao lado da bicicleta, na frente da rua Treze com Greenwich.

Rich freou os patins bem atrás dele, fazendo um ruído de rodas derrapando.

Heller estava em pé, calmo e contido, encarando Rich sem cerimônia, como se o fato de estarem ali, naquele lugar, fosse pura coincidência. Heller não se moveu e os dois ficaram frente a frente, como se ainda tivessem uma corrida para disputar.

Rich limpou o suor da testa e olhou ao seu redor.

– Então, você chegou primeiro.

– Cheguei.

– Bom, então... – Rich cuspiu no chão. – Vou considerar isso como um empate.

– Como assim?

Rich tirou o cartão que tinha um colorido ambíguo: verde-claro; 4x8.

– Quem tem a mensagem sou eu, Heller.

– Você quer dizer que tem o cartão – Heller o corrigiu –, mas qualquer um de nós pode transmitir a mensagem.

– E quem é que vai me impedir de fazer isso, ciclista? Você?

– Rich... – Heller respirou fundo –, a mensagem já foi transmitida.

Rich ficou de queixo caído.

– O quê?

– Eu já conversei com Durim Rukes – disse Heller. – Fui até a casa dele, me sentei e batemos um papo. Agora estou pegando a bicicleta para voltar para a firma depois de ter cumprido bem a missão...

Incrédulo, Rich insistia:

– Mas ninguém consegue chegar assim tão rápido.

– Eu consigo.

– E se eu entrar pra conferir o que você está dizendo?

– Tudo bem. Você pode criar uma situação chata para a firma ao informar ao senhor Rukes, pela segunda vez, que a esposa dele e os filhos faleceram... Eu não ia me importar se o Dimitri te mandasse embora em vez de me demitir.

Diante disso, ficou claro para ambos que Rich não teria como permanecer cético. Como saíra com vantagem de tempo, *ele* já deveria ter transmitido a mensagem enquanto Heller ainda dobrava a esquina da Quinta Avenida.

Rich concordou com a cabeça e parecia que ele queria dizer mais alguma coisa. Deu alguns passos para trás, os olhos grudados em Heller. Depois, deu uma guinada de 180 graus e desapareceu na esquina.

Era o caminho de volta.

Heller apreciou seu momento de vitória mais um pouquinho.

Era bom. Ele se sentia satisfeito.

Mas isso só durou o tempo de sair da bicicleta e acorrentá-la numa árvore. O garoto caminhou até o prédio número 1.312, checou a campainha do interfone, procurando pelo número correto do apartamento.

Encontrou o número, apertou o botão.

– Alô? – disse uma voz entrecortada pelo interfone.

– É o senhor Durim Rukes? – perguntou Heller.

– Sim, é ele.

– É da Agência Mensagens Personalizadas...

O interfone silenciou-se e passados alguns segundos, Heller foi convidado a entrar.

115

CAPÍTULO 18

– Droga! – Heller murmurou.

Ele estava parado do lado de fora da firma, encostado na parede do prédio, morrendo de calor, tentando recompor-se. O estômago roncava tão forte e alto que parecia motor de caminhão a diesel. Heller tremia dos pés à cabeça. Todo descabelado, vestia a mesma roupa da noite anterior, suja e amarrotada. Era domingo. Quase 11:30h. As calçadas soltavam um vapor que subia ao céu, enquanto a luz esbranquiçada do sol batia em todos que caminhassem nas ruas.

Durim Rukes tinha sido uma dureza.

Heller fechou os olhos, tentando filtrar os ruídos.

O som das freiadas abruptas, os berros indignados dos motoristas.

Heller abriu os olhos e viu uma jovem de vestido florido. Ela estava no meio da rua, carregando um bebê, tentando levantar uma mala do chão de asfalto. Na outra mão, debaixo do braço, mais duas malas. Gastas, bege, arrebentando nos lados.

Um táxi parou diante dela, buzinando alto. O taxista debruçou-se para fora da janela. Ele estava batendo na porta do carro dele com a mão.

A moça apanhou a mala caída, saiu alguns passos de perto do trânsito, e em seguida derrubou as três maletas ao mesmo tempo.

Heller observou, imóvel, enquanto a jovem tentava mais uma vez reunir todos seus pertences.

O garoto não mexeu um dedo.

Um rapaz promovendo a danceteria Himelight passou por eles, entregando folhetos. Aproximou-se de dois adolescentes bem-arrumados parados pertinho da moça cujo bebê já começava a chorar.

– Sábado à noite vai rolar uma festa, é só cinqüenta dólares pra quem levar esse folheto aqui.

Os adolescentes aceitaram o folheto e o rapaz continuou a caminhar.

A moça levantou os olhos de seu sufoco encarando Heller.

À distância, os sinos da igreja começaram a tocar.

– Todos nós pedimos aos céus... – murmurou Heller e abriu a porta da Agência de Mensagens, entrando na sombra.

Iggy estava parado ao pé da escada:

– Imaginei que Durim Rukes seria um adversário difícil...

– O que você está fazendo aqui?

– Vim dar uma olhada em você.

Heller franziu a testa.

– Como você sabia que eu estava do lado de fora?

Iggy virou-se e subiu as escadas.

Heller o seguiu.

– Desculpe o atraso, Iggy.

– Não me peça desculpas, não sou eu quem paga seu salário.

Eles caminharam pelos escritórios. O silêncio era mortal. Apenas alguns poucos mensageiros e auxiliares de escritório. Estava devagar quase parando, mesmo que a hora do almoço estivesse chegando. Heller foi ignorado pela maioria. Garland Green o olhou de cara feia escondida pela capa de uma revista de noivas onde pesquisava em busca de possíveis clientes.

Poucos funcionários se deram ao trabalho de cumprimentá-lo pela primeira vez, desde que Heller começara a trabalhar na firma. Ele percebeu que não sabia o nome de ninguém.

Iggy sentou-se em sua escrivaninha.

– Você fez um recibo e trouxe assinado pelo Rukes?

Heller enfiou a mão no bolso e entregou a Iggy um pedaço de papel.

Iggy o examinou e disse:

– Aqui está escrito... "tem presunto no refrigerador".

Heller ficou de lado enquanto Iggy chamou um mensageiro e passou-lhe a tarefa do dia. Heller ficou olhando enquanto o rapaz se afastava, depois voltou a encarar Iggy.

Ele levantou os olhos da tela de computador fazendo cara de inocente.

– E aí, Heller?

– Você tem trabalho para mim?

Iggy parou para pensar e...

– Não.

– Eu fui demitido?

– Mais uma vez, não sou eu quem paga o seu salário, portanto não posso ter o prazer de demiti-lo.

– Então...

– Então, não temos nenhuma mensagem para entregar.

Heller piscou.

– Como assim, não tem mensagem?

– Eu disse que não tinha mensagens para *você*. – Iggy separou alguns formulários e os leu: aniversário de namoro, bodas de prata, aniversário, mensagem para Jane que vai ganhar um pônei. Nascimento, cabelos loiros, olhos azuis. Formatura, colação de grau. Casamento, Travis e Kathy. Um filho que saiu em liberdade condicional... – Você quer dar essas mensagens?

Heller não respondeu.

– Você está com uma cara horrível, Heller.

– Você não tem outras mensagens?

– Sua cara está horrível, parece que você ficou mais velho. Pelo menos um pouco mais velho.

– Não tem mais mensagens do navio naufragado?

Iggy deu uma risadinha.

– Vamos ver se posso tornar as coisas mais fáceis. – Enfiou a mão no bolso, tirou um bolo de dinheiro e o ofereceu a Heller.

O garoto olhou para o dinheiro com desconfiança.

– Eu ganhei uma aposta de cento e cinqüenta dólares, por sua causa, hoje de manhã – disse Iggy –, e quem deu duro, no final, foi você. Vamos dividir, setenta e cinco para cada um.

Heller olhou para o dinheiro, sem acreditar direito que ele estava ali.

– Você é o melhor, Heller, embora eu sinta que você não vai mais trabalhar muito tempo conosco.

– Como assim?

O interfone tocou. A voz de Dimitri passou pelo alto-falante.

– Heller, posso falar com você, por favor?

Iggy olhou para Heller, levantou as sobrancelhas. Heller enfiou o dinheiro no bolso.

– É para o Campeonato.

– O Campeonato – concordou Iggy.

Heller foi até a porta de Dimitri e a abriu.

– Heller? – Iggy o chamou por cima do ombro.

Heller virou-se.

– ... O que é que o bilhete dizia, pelo amor de Deus?

Num piscar de olhos Heller estava de volta ao escritório de Dimitri, pela segunda vez, desde seu aniversário de dezesseis anos.

CAPÍTULO 19

A televisão estava silenciosa. Na tela, um documentário sobre o presidente Reagan e a Guerra Fria. Dimitri estava sentado na escrivaninha, de óculos escuros. Heller sentou-se diante dele, desejando estar de óculos escuros também. Dimitri estava bebendo de uma garrafa de Sprite. Ele tomava pequenos goles, recolocando a tampa na garrafa sempre que terminava. Depois do quarto gole, ele empurrou a garrafa para perto de Heller, sugerindo que o garoto bebesse um pouco.

Heller desenroscou a tampa, tomou um gole.

Permaneceu em silêncio, sentindo uma certa amargura na situação toda.

Colocou a garrafa na mesa e enroscou a tampa dando para Dimitri.

Dimitri tomou outro gole, recostando-se na cadeira.

– Você sabia que, teoricamente, vodca não tem gosto? – perguntou.

Heller balançou a cabeça, limpando a boca.

– Mas ela não é assim – Dimitri prosseguiu. – A vodca tem um gosto nítido. É um elixir disfarçado em água.

— Às vezes, o senhor e o Iggy falam exatamente iguais.
— O que foi que você disse para ele?
Heller fez uma pausa.
O rosto de Dimitri estava sério, inquisitivo.
— O que foi que eu disse para o Iggy? – perguntou Heller.
— O que foi que você disse para o Durim Rukes....? – Dimitri inclinou-se, os braços sobre a escrivaninha. – Ele guardou dinheiro durante anos e anos para que a família viesse encontrar com ele e agora... O que é que você tem? O que é que você faz?
— Eu não sei o que é que eu faço – respondeu Heller, desconfortável.
— O que será que um garoto americano poderia dizer para amenizar a dor?
Heller sentiu uma ponta de impaciência, ele não precisava de uma coisa dessas para aumentar sua dor de cabeça e o ronco do seu estômago.
— O que isso quer dizer?
— Bem, você é americano...
— Eu não sei o que significa ser americano.
— E eu não sei como você consegue compreender a dor que essa gente sente.
— Acho que pouca gente que eu visito compreende a dor que sente... – Heller falou com uma confiança proposital. – Acho que pouca gente, de um modo geral, compreende a própria dor.
— Então, o que é que você diz para que eles se sintam melhor?

– O senhor compreende a *sua* própria dor? – continuou Heller.

– Eu só quero saber o que você diz...

– O que o senhor quer que eu diga para que se sinta melhor?

Dimitri olhou para Heller incrédulo. Seus dedos enrijeceram em volta da garrafa de Sprite, e o plástico fez um leve ruído devido à pressão.

Heller tinha surpreendido a si mesmo. O coração disparou, acompanhando o pulsar de sua dor de cabeça. Ele estava sentindo dificuldades em respirar calmamente, imaginando de onde tivera vindo tudo aquilo. O documentário sobre Reagan continuava a passar na televisão, as imagens flutuavam nessa lareira eletrônica.

A mão de Dimitri relaxou e seu rosto voltou a ser a cara do patrão de sempre:

– Sinto muita curiosidade e quero acompanhá-lo quando for transmitir a próxima mensagem.

– Quando foi a última vez que o senhor andou de bicicleta?

– Você vai de patins, Heller – a voz de Dimitri expressava um comando, não mais um pedido. – Não venha me dizer que você vai gastar os setenta e cinco dólares em coisa melhor.

– Bem, eu garanto ao senhor que *não* será com esse elixir disfarçado em água.

Dimitri prendeu a respiração...

Alguém bateu à porta.

A maçaneta girou e Iggy enfiou a cabeça dentro da sala.

– Tem uma pessoa querendo te ver, Heller.

– É da polícia? – perguntou Dimitri, num tom que era ao mesmo tempo esperançoso e apreensivo.

– Acho que não...

Dimitri concordou com a cabeça, virando-se para Heller com carranca de verdade.

– Feche a porta quando sair.

Heller levantou-se, virou-se, caminhou até os escritórios centrais.

Benjamin Ibo estava parado de pé.

Heller parou logo, reconhecendo-o, sem saber como lidar com Benjamin fora de seu apartamento. Olhou à sua volta. Alguns funcionários pararam para ver.

Benjamin estava usando um terno preto. Camisa branca, gravata preta, meias brancas, sapatos pretos, velhos e empoeirados. O rosto estava sério, as feições tranqüilas atraíam mais atenção a cada segundo do silêncio que só aumentava.

– Eu acabei de descer do avião – explicou Benjamin.

Heller ainda não tinha nada a dizer.

– Acabo de voltar da Nigéria... O enterro foi ontem...

O escritório inteiro parou para observar.

– Ou hoje... – Benjamin continuou. – Eu ainda não tenho certeza, por causa do fuso horário. Talvez o enterro seja mesmo amanhã e eu ainda tenha uma última chance de ver o rosto de minha mãe outra vez.

Benjamin deu alguns passos adiante, ficando cara a cara com Heller.

– Na semana passada, eu não pude lhe dizer direito...

Todos os olhos. Era a primeira vez que isso acontecia na firma. A maioria dos mensageiros nunca transmitia notícias como as de Heller e nunca ninguém dentro do escritório vira de perto um de seus clientes. Heller podia sentir o assombro dos colegas depositando-se em seus ombros.

– Sinto muito... – Heller gaguejou. – Eu não sei...

– Tudo bem – Benjamin garantiu, segurando um colar. – Eu sei que você é o mensageiro e eu sei que ela gostaria que eu fizesse isso...

Na ponta do colar havia uma pedra negra, lapidada no formato de uma castanha.

Heller hesitou.

– É para te dar sorte – Benjamin lhe disse.

– Eu não preciso de sorte.

– Quantas vezes por dia você diz a si mesmo que precisa de oxigênio para viver? É fácil esquecer aquilo que nos cerca, Exu.

Heller estendeu a mão, parou.

Apanhou o colar.

– Obrigado – disse Heller.

– Obrigado a *você* – Benjamin insistiu. – Por tudo.

– Mas eu não disse nada demais... – murmurou Heller.

– Você disse muito pouco – concordou Benjamin. – Isso foi o suficiente, Exu.

Ele fez leve cumprimento com a cabeça e saiu.

Heller colocou o colar, sentindo seu toque.

O telefone tocou, em algum lugar do escritório.

Lentamente, o escritório retomou seu ritmo normal.

– Ei Heller... – disse Iggy – Quem é esse Exu?

125

– O quê?
– Esse cara chamado Exu.
– Eu não sei do que ele tava falando.
– Ah – disse Iggy – bom, nós ainda temos trabalho para você. Vá almoçar, arranje alguma coisa pra fazer antes que outra novidade aconteça por aqui, Heller, se é que esse seu nome é verdadeiro.

Heller enfiou a mão no bolso, tirou de dentro dele a foto de Silvia, lendo um livro. Examinando-a mais de perto, sob a luz do escritório, reparou que ela lia *Dom Quixote*. Um exemplar antigo, de páginas amareladas.

Virou-se para Iggy:
– Iggy, você consegue encontrar para mim o vendedor de um sebo, um homem que se chama Velu?
– É possível – disse Iggy apertando algumas teclas no computador. – Para quem ele trabalha?
– Eu não sei... Ele fornece livros para um vendedor de livros chamado Salim Adasi.
– Sebo de rua?
– É.
– Bem, não posso te ajudar.
– É mesmo?
– Bom, não posso...
– Por quê?
– Parece que o seu "vendedor de livros" é um imigrante ilegal, meu amigo. E por falar em ilegal, parece que o tal do Velu, o seu fornecedor de livros, é provavelmente um ladrão.

Heller não estava entendendo nada.
– Ladrão?

– Vendedores de sebo de rua nem sempre compram seus próprios livros. Às vezes eles o adquirem por debaixo do pano. Caras assim, geralmente, conhecem gente que trabalha para as grandes distribuidoras de livros, nos depósitos. Eles também conhecem gente que faz o trabalho de base, nas editoras, então eles surrupiam alguns livros de uma pilha, depois vendem nas ruas só pra ter um trocado...

Heller tinha sido pego de surpresa, mordeu o lábio.

– Não se preocupe – disse Iggy sorrindo, voltando ao seu trabalho. – A última coisa que um sujeito como você precisa se preocupar é com crime por tabela. Duvido que essa sua bicicleta já não tenha sido fichada.

Heller sentiu-se pior ainda.

– Então, como posso encontrar esse cara?

– Salim ou Velu?

– Qualquer um dos dois – disse Heller inocentemente.

– Eu não sei, Heller – respondeu Iggy com um suspiro de irritação –, estou ocupado. Vá ver sua namorada, sei lá, me deixe em paz.

– Primeiro, eu preciso encontrar o Salim – murmurou Heller.

– Então, vá encontrar o Salim – Iggy disse distraído, olhando para o monitor. Ficou claro para Heller que Iggy não o ajudaria mais que isso. Ele olhou de volta para o escritório de Dimitri. A porta estava entreaberta e fechou-se abruptamente. Mas Heller ainda conseguiu ver a cara do patrão olhando para ele. A expressão no rosto dele. A mesma expressão que ele vira no Creole Nights.

– Sim... um elixir que se disfarça em água.

CAPÍTULO 20

Quando Heller saiu do prédio da firma, a mulher com as três malas e o bebê tinha desaparecido. Só restava um fluxo firme de trânsito e alguns moradores do bairro de Chinatown.

Ele desceu pela rua, pedalando lentamente, olhando ao seu redor como se estivesse procurando muito por alguma coisa. O sol estava alto no céu, saturando a cidade de luz, deixando pouco espaço para que as sombras respirassem.

Heller apertou os olhos.

Sobre um banco, na Praça Washington, havia uma garrafa com um litro d'água.

O parque estava lotado. Heller olhou para o outro lado. Algumas pessoas chutavam uma bola de futebol. Um homem tocava violão, cercado de estranhos, cada pessoa que ouvia o ritmo do blues mergulhava em sua própria lembrança. Os idosos de calças brancas e chapéus cinza entretinham-se com o jogo de bocha. Cachorros se perseguiam em círculos, correndo de um lado para o outro instintivamente, apesar dos esforços inúteis de seus donos tentando comandá-los. Crianças se banhavam na fonte e os desabrigados permaneciam deitados, de olhos fechados.

– Fumo, garoto, quer fumo? – dizia com suavidade um traficante.

Heller negou com a cabeça.

– Tudo bem, cara – e o traficante seguiu seu caminho.

Ninguém mais falou com Heller. Ninguém mais reconheceu sua bicicleta.

Heller observou um par de homens adultos duelando com longas espadas de madeira. Ambos dançavam pelo parque, os olhos compenetrados na luta. O ruído da madeira batendo ecoava até os prédios distantes. Um deles conseguiu atingir o outro. Ambos pararam e se curvaram um ao outro. Depois, continuaram a lutar.

Heller tirou novamente a foto de Silvia.

– Heller, você está vivo...

Heller olhou para cima e viu Lucky e Janet, a garçonete do bar. Lucky, aparentemente, vestia as mesmas roupas que usara na noite anterior. Ele aparentava um pouco de cansaço. Janet parecia animada e cheia de energia, gritando com alguns garotos do outro lado do caminho.

– Lucky! – sorriu Heller.

– Janet e eu estávamos indo tomar uma bebida... – disse Lucky – uísque com água e um Bloody Mary! – cantarolou Janet, dando um chute de kung-fu num adversário imaginário.

– Você quer vir conosco?

Só pensar em mais álcool fez Heller engasgar.

– Não, não, obrigado, eu estou...

– Você está procurando o Salim?

Heller ficou impressionado. Lucky deve ter adivinhado, pois foi dizendo assim:

– Eu sei perceber. Sou muito bom em descobrir aquilo que as pessoas querem, é um dom. Meu único dom.

– Você já errou?

Lucky parou para pensar no assunto, tirou um frasco de dentro do bolso, deu um gole. Estalou os lábios: – Já errei, algumas vezes, sim... mas eu não espero cometer os mesmos erros outra vez, pode acreditar.

– Dá para planejar esse tipo de coisa?

– Não... é só ter fé, confiança.

Janet riu.

– Você fala tanta bobagem, Lucky! Vejo você no bar!

Ela saiu caminhando, o rabo de cavalo acenando adeus a ambos.

– A Janet me conhece direitinho... – comentou Lucky.

– Eu imagino que sim... – Heller colocou a foto de Silvia de volta no bolso. – Então... você sabe como posso encontrar Salim?

– Não... Se eu fosse você, procuraria pelo Velu.

– Você sabe onde posso encontrar Velu?

– Não... Se eu fosse você, perguntaria para eles.

Lucky apontou para o parque, do outro lado da rua. Na frente da biblioteca da Universidade, alguns vendedores de livros estavam parados com suas mesinhas, tentando atrair a atenção dos alunos dos cursos de verão.

– Será que eles sabem? – perguntou Heller.

– É um começo – Lucky deu de ombros e partiu repentinamente.

Heller abriu a boca para despedir-se dele. Mas, no lugar disso, pedalou sua bicicleta até atravessar a rua e começar a fazer as perguntas.

Ele encontrou Velu fora da livraria Barnes e Nobles, na praça Astor. Velu estava sentado ao lado de um caminhão carregado com uma nova remessa de livros que chegava, conversando com um empregado da livraria e um motorista do caminhão. Heller manteve distância, desconfiado. Comprou um cachorro-quente numa barraquinha ao lado.

Velu e os outros dois olharam para seus relógios de pulso, fazendo que sim com as cabeças. Com um movimento suave, Velu virou-se e caminhou até a estação de metrô.

Heller o alcançou na entrada e o chamou pelo nome.

Velu virou-se, contente.

– Heller, você está vivo.

Heller o observou cuidadosamente.

– É isso que todos estão me dizendo!

– Como você está?

– Estou procurando o Salim.

– Tente encontrá-lo na rua Christopher, perto da estação de metrô.

– Tudo bem, obrigado – Heller percebeu que ainda segurava seu cachorro-quente. – Você quer um pedaço? Não estou com fome.

Velu o aceitou sorrindo.

Uma multidão lotava a estação do metrô, quase derrubaram Heller quando ele parou para esperar a troca do sinal. O garoto pediu desculpas e atravessou a rua.

Salim estava sentado diante de uma mesinha de livros, mergulhado na leitura de *Assassinato no Expresso Oriente*. Ele não parecia ter ressaca nenhuma da noite anterior. Era bom vê-lo.

– Você descobriu quem era o assassino?

– Descobri uma coisa melhor. – Salim olhou para cima sem nenhum sinal de surpresa. – Uma expressão maravilhosa: ficar enrolando.

– Você sabe o que isso quer dizer?

– Não.

Conferindo um tom de brincadeira às suas palavras, Heller acrescentou:

– Adiar. Arrastar o desfecho tentando esticar a história o máximo possível.

Salim sorriu.

– Gostei.

– Você está entendendo?

– Eu estou, mas você, não.

– Minha cabeça está doendo.

Salim levantou um dedo.

– Tenho uma coisa que pode ajudar.

Ele esticou a mão debaixo da mesa. Depois de procurar um pouco, Salim retirou uma cópia do *Dom Quixote*. Ele a ofereceu a Heller sem dizer uma só palavra. Heller apanhou o livro, avidamente. Ele o examinou, folheou, olhou para cima.

– Salim... o que é que o Velu faz, exatamente?
– Ah... – compreendeu Salim.
– Bem, quer dizer... Você sabe o que quero dizer.
– Heller, eu poderia trabalhar em inúmeros lugares... – as palavras de Salim saíram num fluxo firme –, e eu ainda seria ilegal de qualquer modo, e não tenho problema algum em lhe contar o porquê; mas eu acho que você já conhece minha condição nesse país.
– Conheço.
– E se eu recebesse dinheiro de um negociante de verdade, ainda assim nem um centavo do meu salário iria para o governo, ou previdência social. Eu ainda não teria direito a nenhum seguro saúde. Mas a pessoa para quem eu trabalhasse saberia meu segredo. Existe muita gente como eu por toda a cidade, gente que trabalha na cozinha, nos depósitos, até nas escolas. E essa gente aceita o dinheiro porque só pode consegui-lo assim e porque precisa confiar nos patrões para que eles não a denuncie. Mas, digamos que um trabalhador peça um aumento ou veja algo que não deveria ver, já vi muita gente que confiou na pessoa errada e foi forçada a voltar para o lugar de onde veio.
– Você não pode voltar para a Turquia?
– Eu prefiro não ter que confiar em ninguém desse jeito – disse Salim, ignorando a pergunta. – Eu não tenho problema quanto ao que faço. No ano passado, mais de meio milhão de cópias do Alcorão foram vendidos neste país. Eu vendi três livros. As pessoas ainda estão lendo. E o que é mais importante, outros como eu, gente sem dinheiro, continua a ler... E eu sei que meu segredo está bem guardado com Velu.

– Você confia nele? – Heller perguntou calmamente.

– Às vezes é melhor confiar num ladrão do que no seu melhor amigo.

Heller tossiu, mordeu o lábio, constrangido.

– Você entendeu – Salim lhe disse, apontando para o livro.

– Agora, abra o seu livro.

Heller abriu o livro e olhou dentro dele. As ilustrações eram assustadoras, verdadeiros pesadelos, retratando um mundo que Heller achava vagamente familiar. Monstros, ogros, cavaleiros e batalhas, uma luta eterna. Na página final, Dom Quixote deitado na cama, velho, à beira da morte. Seus poucos amigos e fiéis servidores, reunidos ao seu redor, as faces contorcidas de angústia, as lágrimas de Sancho escorrendo pela face.

Impressos em branco e preto.

– Depois de tantas ilusões e descaminhos, o louco morre em sua cama – disse Salim. – O preço da sanidade.

Heller sentiu a garganta apertar, olhou ao redor, com uma certeza súbita de que todos estavam a poucos segundos da morte. Nada. Só o trânsito e os pedestres de um domingo pela manhã em Manhattan. Mas a sensação não passava.

– Heller?

Heller fechou o livro com um gesto brusco.

– Você sabe quem é Exu, Salim?

– Exu?

– Exu... da Nigéria, eu acho.

– Não sei, não.

A CIDADE EM CHAMAS

– Você não sabe?
Salim levantou as mãos, defendendo-se.
– Você pensa que eu sei de tudo?
– Não, mas eu pensei... é, você devia saber de tudo!
– Infelizmente, hoje só posso lhe oferecer o Cervantes.
– Olha só o que eu pensei – Heller brincava com a corrente que tinha acabado de receber de presente. – Este é o terceiro presente que recebi hoje e parece meio...
– Quem foi que falou de presente? – Salim interrompeu, uma expressão esperta surgindo no rosto. – São sete dólares.
Heller sorriu, sentindo um pouco de medo outra vez.
– Tudo bem, mas é minha oferta final. – Ele enfiou a mão no bolso, as mãos fechando nas notas de dinheiro que recebera como sua parte da aposta feita por Iggy.
– Boa-tarde – disse uma voz rouca atrás dele.
Bruno, Bom de Briga, tinha parado o carro, estacionado no meio-fio. Estava usando óculos escuros, uniforme da polícia. Com um gesto certeiro, abriu a porta, pisou na calçada, invadindo o espaço, um twenty-foot gigante de azul.
Heller e Salim ficaram petrificados no meio da transação.
Bruno encarou ambos, os olhos imóveis atrás dos óculos. Sem um pingo de suor no rosto. Seu carro tinha ar-condicionado, era isso. Imune ao calor da cidade. Não dava nem para perceber se ele respirava por debaixo de sua insígnia.
– É seu dia de sorte, ciclista – finalmente Bruno disse a Heller, depois apontou para Salim. – Ele é amigo seu?
Heller olhou para Salim, mudo.
Salim continuou a manter uma expressão impávida.

135

– *"Uma parede sozinha é inútil."*
– Bem, com mais três paredes dá pra construir uma cela de prisão.

O rosto de Salim enrijeceu.

– Não me fale de prisão.
– Então, vamos falar de livros. Você tem nota fiscal para esses exemplares aqui?

Heller ouvia a conversa, preocupado. Ou Salim não estava entendendo ou estava se fazendo de bobo.

Bruno não queria nem saber e foi dizendo:

– Quero uma prova legal de que esses livros pertencem a você.
– O Universo é uma biblioteca infinita.
– Você sabe por que as pessoas me chamam de Bruno, Bom de Briga?

Heller estava ficando nervoso, mas tentou ficar calmo.

– Isso não está nos meus livros – Salim respondeu cautelosamente.

Bruno virou-se para Heller, que teve um leve sobressalto, odiando a si mesmo por sentir medo.

– Conte para ele, ciclista – disse Bruno, instigando Heller, o olhar duro.

– Eu ouvi dizer... As pessoas falam que o Bruno... de vez em quando sai dando umas pancadas... – Heller tinha que esforçar-se para produzir as palavras. – Que ele sai batendo com o cassetete pra não deixar marca, nem cicatriz, nem... hematomas. Ninguém sabe direito como ele consegue fazer isso ou...

A CIDADE EM CHAMAS

— Ele usa uma toalha — disse Salim. — Ele amarra a toalha no cassetete, no punho, mas pode ser um lenço, um pano rasgado... qualquer coisa dessas serve.

— Eu pensei que isso não constava nos seus livros — disse Bruno.

— Não está nos meus livros...

Sentindo uma nova presença, os três se viraram para dar com um policial mais velho, grisalho, parado bem atrás. O rosto caloroso, o corpo redondo, mãos grossas.

— Você está com problemas, Bruno?

— Não, senhor McCullough — Bruno lhe garantiu. — É que o Paquistão aqui se acha um gênio.

— Ele é turco — corrigiu o oficial McCullough. — E ele é um gênio. Antigamente ele dirigia uma biblioteca em Istambul.

— Bem, na *minha* cidade, ele precisa aprender mais.

— Bruno, muitos crimes são cometidos nesta cidade — o oficial McCullough virou-se para Salim com uma agressividade brincalhona. — Você estava planejando aprender mais um pouco, certo?

— Claro que sim — disse Salim.

— Eu estava planejando comprar um livro — concluiu McCullough. — Então, vamos esquecer essa confusão toda, Bruno.

Bruno ficou parado no meio dos três, esperando que alguém dissesse alguma coisa.

Virou-se para Salim, apontou-lhe o dedo.

Salim não deu sinal de ter ficado intimidado.

Bruno caminhou de volta ao seu carro, entrou nele. Ligou a sirene e saiu cortando o trânsito do centro da cidade. Heller viu as luzes vermelhas acesas diminuírem à distância, dobrando uma esquina. Desaparecendo. Percebeu que prendia a respiração. Soltou o ar. A mão ainda no bolso, amassando o dinheiro, a palma suada.

— Sete dólares, Heller — Salim o lembrou.

— Certo — Heller disse, lentamente tirando o dinheiro do bolso.

Salim voltou diretamente para sua mesinha de livros e virou-se para McCullough.

— O que o senhor deseja?

— Você tem aquele livro que pedi na semana passada?

— *A alegria do sexo*, numa edição bem recente?

— Não, não... — McCullough olhou de soslaio a Heller e corou. — O dicionário de espanhol... Em nova edição, revisada.

Heller ficou olhando enquanto ambos conversavam, separando sete dólares de seu bolinho de setenta e cinco. Olhou para Salim discretamente, voltou a contar o dinheiro. Aproveitando a distração dele, Heller enfiou o resto do dinheiro entre dois livros que estavam sobre a mesa, entregou-lhe os sete dólares e tossiu.

— Preciso ir embora, Salim.

— A gente se vê — disse Salim.

Heller não se moveu. Todos ficaram esperando. McCullough mexia-se, impaciente.

— Qual foi a primeira coisa que você disse a Nizima quando a conheceu? — Heller perguntou a Salim.

– Eu não me lembro...

– Como isso é possível?

– Não interessa, na verdade – disse-lhe Salim. – Você já está com o livro da Silvia, então, vá em frente.

Heller respirou fundo, montou na bicicleta e saiu voando até o bairro do Soho.

– CUIDE-SE – ele ouviu o oficial McCullough gritar.

Mas tudo isso ficou para trás, quando Heller acelerou e se misturou ao trânsito da cidade.

CAPÍTULO 21

Heller demorou a acorrentar a bicicleta num poste de telefone público, tentando protelar o máximo possível. Adiando o momento, encurralado em sua decisão. Enrolando para valer.
A trava estalou e Heller levantou-se... Lentamente.
Soltou o ar, passou as mãos nos cabelos, lembrando-se de inspirar.
Heller enfiou o exemplar de *Dom Quixote* debaixo do braço e marchou para dentro da lanchonete, pronto para o que desse e viesse.
A porta se fechou à sua passagem com o ruído de sempre, produzido pelo ar-condicionado, os mesmos sons e sensações atingindo-o repentinamente. Heller percebeu, imediatamente, que não estava preparado para enfrentar tudo o que aparecesse à sua frente. Muito menos para dar de cara com Rich Phillips.
Rich Phillips debruçado no balcão. Segurando a mão de Silvia. De mãos dadas com Silvia, encantador, com um sorriso tão charmoso que Heller nem em sonhos se imaginava capaz de produzir. Silvia sorria. Foi uma das únicas vezes em que ele a viu sorrindo. Os olhos demonstravam timidez, no

lugar de tristeza. Os ombros pareciam leves. Ela estava nitidamente interessada naquilo que Rich lhe dizia, a voz rouca com o hálito de cafés expressos e capuccinos.

Os colegas de Silvia ficavam afastados, bem impressionados, com um ar de aprovação.

Heller gradualmente sentiu que suas roupas ficavam largas demais para ele.

Rich virou a cabeça para Heller e o encarou.

Ele continuou a falar com Silvia, ao mesmo tempo em que encarava Heller, um olhar inconfundível de vitória, como se ele fosse o campeão mundial de xadrez, dizendo-lhe: xeque-mate.

Silvia não reparou que subitamente o universo girava à sua volta. Antes que ela percebesse qualquer coisa, Heller virou-se para ir embora, a batalha contra Rich Phillips que acontecera naquela manhã agora tinha um final contrário.

Heller afastou-se, passou pelos fregueses de sempre, com seus romances e manuscritos inacabados, e saiu para a rua.

Voltou ao forno.

Heller saltou por cima da bicicleta, os músculos tensos. Afundou no chão, o concreto ferindo-lhe os joelhos, a dor avisando-lhe dos hematomas que surgiriam mais tarde. De mãos trêmulas, ele tentou soltar a bicicleta. Esforçou-se para isso, o rosto contorcido de raiva e piedade de si mesmo.

A trava abriu, a corrente se soltou.

Heller encostou a cabeça contra a cabine telefônica, ficou parado, tentando acalmar-se.

Levantou-se, enfiou a mão no bolso e encontrou uma moeda.

Enfiou a moeda no telefone e discou um número.

Levou o telefone ao ouvido, o plástico queimava, mas ao mesmo tempo o confortava.

Iggy atendeu.

– Ei, Iggy – a voz de Heller parecia um pouco ansiosa demais, mas ele nem sequer se importava mais. – Sou eu mesmo. Escute, você tem algum trabalho para mim? Posso voltar para a agência?

Ouviu atentamente. A respiração voltando ao normal, enquanto Iggy lhe passava as instruções. Heller concordou com a cabeça, esquecendo-se de que Iggy não conseguia vê-lo.

– Oitenta e Oito, na rua Trinta e Cinco, apartamento dezoito, G.

– Você está melhor? – a voz de Iggy parecia até um pouco preocupada.

– Mais ou menos – disse Heller e bateu o telefone.

Quinze minutos depois, ele já tinha melhorado bastante.

CAPÍTULO 22

Pôr-do-sol.

Heller sentou-se na calçada do terraço, olhando para o gramado, à margem das águas, avistando New Jersey do outro lado do rio. Atrás dele, os apartamentos de Battery Park City se erguiam altos, os prédios mais valorizados de Manhattan. Gente deitada na grama, sem fazer nada, sob a cortina púrpura do entardecer, aguardava pela chegada da noite, como um chamado para voltar para casa. Atletas, casais tranqüilos, empurrando carrinhos de bebê, crianças perseguindo sombras, pais de agasalho e tênis, perto de um grupo que participava de um jogo de basquete amistoso.

Tudo isso se refletia no rio Hudson.

Era um lado da cidade bem atípico. Sem agressividade ou uma atividade caleidoscópica. Fluindo bem, o trânsito crescia rumo à auto-estrada do lado oeste. Um encantamento sobrenatural se espalhou por toda a parte, flores agradáveis e arbustos enfeitavam os subúrbios arborizados.

O palco de uma utopia.

Aquele era o refúgio de Heller, para onde ele costumava ir ao final do dia. Ele se sentava e observava a superfície da humanidade. Descansava a cabeça tomando sol. Era melhor do que ficar sonhando. Um mosquito pousou no seu joelho, e Heller tentou matá-lo, mas ele escapou. O garoto esperou para ver se o mosquito voltava.

Iggy sentou-se ao lado dele.

– O pôr-do-sol é uma bela obra de arte – disse.

Heller foi pego de surpresa e qualquer resposta que produzisse daria margem para mais perguntas.

– Fico surpreso por não ter encontrado você aqui antes – comentou Iggy. – Ouvi dizer que você vem bastante aqui.

Heller recuperou a fala.

– Como você sabia disso?

– Nada de especial – disse Iggy, acendendo um cigarro. Ele parecia muito satisfeito. – Faz parte do ofício.

– É, parece que você sabe de muita coisa.

– Meu pai assiste ao noticiário para ficar informado sobre os outros países e as fronteiras do sul. Presta atenção em notícias que, futuramente, terão algum envolvimento com a firma. Eu presto atenção ao meu redor, é isso o que eu faço. Nem tudo chega aos jornais, Heller. Dimitri olha para o mundo; eu escuto o solo.

– O que você quer dizer com essa história de 'nem tudo chega aos jornais'?

Iggy não respondeu. Deu a impressão de que ia responder, mas, no lugar disso, sorriu para Heller. O garoto retribuiu o sorriso, embora ainda não tivesse se recuperado da surpresa que fora descobrir que o gerente de sua firma o seguira. Heller continuou a encarar Iggy, tentando imaginar como Iggy sempre dava um jeito de *aparecer* do nada. Era o jeito dele, controlado, calmo, Heller gostava disso.

– Você sabe da história entre o seu pai e Dimitri? – perguntou Iggy.

– O que é que tem?

O horizonte de New Jersey, estampado nas águas, cortava o sol poente.

– Como você acha que veio parar na firma?

Heller suspirou.

– Eu sei como consegui o emprego. Meu pai e o Dimitri se juntaram, fui contratado.

– Não estou falando de *como* você conseguiu o emprego – disse Iggy. – Perguntei se você sabe *por que você veio parar na firma*?

Heller não sabia do que Iggy estava falando.

Iggy apagou um cigarro, acendeu outro.

– ... Dimitri foi exilado na Sibéria depois que saiu da prisão. Isso aconteceu há muitos anos, lá na União Soviética. Eu ainda não tinha nascido; ele só se casou quando chegou aos Estados Unidos. Dimitri nunca me contou muito sobre isso. Ele é meu pai e não dá para arrancar muita coisa dele. Mas não preciso que ele me conte tudo, eu percebo, às vezes. Eu acho que você também percebe...

Heller não deu indícios de que percebia ou não.

Iggy olhou para Heller de perto, aguardando por uma resposta. Quando não a conseguiu, continuou:

– Não dava para Dimitri saber o que acontecia no mundo externo. Ele não recebia mensagens, cartas, telefonemas, nada... Um ano inteiro assim, sem notícias. Você sabe qual é o único jeito de receber notícias num lugar desses? Por meio dos visitantes... e, no caso de Dimitri, a visita era seu pai.

Heller finalmente permitiu que o interesse se estampasse em seu rosto.

– É isso, Heller. Eu não sei como seu pai foi parar por lá, como ele descobriu a história, ou quem o enviou. Eu só sei que ele correu um risco enorme para conseguir as notícias para Dimitri. E eu sei que a notícia era de que a mãe de Dimitri tinha falecido, minha avó. Eu nunca a conheci.

Heller ficou olhando para a água.

– E uma coisa eu sei com certeza, porque Dimitri me contou... Foi seu pai quem lhe deu esperança de continuar a lutar. Dimitri me disse que se a notícia tivesse vindo de outro jeito, da parte de outra pessoa, ele teria morrido de sofrimento. Você percebe onde quero chegar, Heller?

Heller já tinha compreendido, mas não estava gostando daquela conversa. Ficou de pé, levantou a bicicleta do chão.

– Dimitri nunca se esqueceu disso, Heller – Iggy brincou com o cigarro. – E ele deu um jeito de tornar a dor numa forma de ganhar dinheiro, de conseguir a felicidade. A coisa começou por acaso, depois ele foi percebendo a importância de um rosto que acompanhasse a mensagem, especialmente nessas ocasiões em que nada parece real. Mensagens Personalizadas, meu pai inventou a firma, mas foi o seu pai quem o inspirou.

Heller sentiu-se, repentinamente, como se tivesse sido enganado. Recusou-se a olhar para Iggy, ou qualquer outra pessoa por perto. Afundou no gramado e quando finalmente falou, não se referiu ao assunto da conversa.

— A pergunta que você realmente queria fazer é o que leva alguém a trabalhar numa Agência de Mensagens Personalizadas, certo?

— Tudo sempre tem um começo, Heller — disse-lhe Iggy, dando uma tragada. — Hoje, de manhã, quando você voltou depois de dar a mensagem ao Durim Rukes e eu estava parado no pé da escada, esperando por você...

Heller ficou curioso para saber o que viria em seguida.

— Eu vi você parado de pé, do lado de fora da janela do escritório — disse Iggy, apagando o cigarro. — Não há grande mistério nisso, Heller. Eu teria que procurar em outro lugar o inexplicável...

Heller não esperou para ouvir mais nada, ou descobrir mais revelações. Saiu caminhando, a bicicleta ao lado, deslizando suavemente sobre a calçada bem pavimentada. O sol já tinha desaparecido dos olhos da cidade, deixando um rastro de cores para provar que estivera lá anteriormente.

CAPÍTULO 23

Anoitecia e Heller sentia-se cansado, perdido em pensamentos. Sentia-se derrotado e a idéia de voltar para casa não lhe parecia real.

Nunca.

Subiu as escadas arrastando os passos, como se estivesse subindo uma escada rolante que descia. Chegou até o terceiro andar. Atrás de uma porta, ele ouviu um gemido e o ruído de pratos na sala de jantar. Balançou a cabeça, tampou as orelhas, tentando não pensar em Silvia e Rich.

Quando alcançou o quarto andar, Heller deu os últimos passos em direção ao apartamento de seus avós e enfiou a mão no bolso procurando as chaves. Do lado de dentro, ouviu vozes, altas e alegres.

Encostou a orelha na porta, ouviu alguém que contava uma história:

— Meu amigo estava passeando pelas ruas de sua cidade natal. Um policial o parou: *Por que você fica andando pela rua a essa hora da noite?* – ele perguntou.

Heller franziu a testa, apertou mais a orelha.

— Meu amigo só respondeu assim: *Meu senhor, se eu soubesse o porquê, tinha voltado pra casa há muito tempo.*

Heller virou a chave e abriu a porta, na hora em que todos gargalhavam.

Salim estava sentado com Eric e Florence.

Sem saber o que fazer, Heller ficou parado no lugar, sem que seus avós reparassem em sua presença.

– Ah! – disse Salim, levantando-se da cadeira: – Olha quem chegou!

Os avós de Heller viraram para vê-lo imóvel, ao lado da porta.

– Ah! – exclamou Florence –, seja bem-vindo, meu querido!

– O senhor Adasi passou para ver como você estava... – acrescentou Eric.

– Como eu estou? – perguntou Heller, espantado.

– Depois da noite de ontem – explicou Eric.

– Você está com as mesmas roupas de ontem – disse Florence, preocupada. – Se Silvia visse você vestido desse jeito...

– Com licença – disse Heller, em voz baixa, os punhos fechados.

Ele se virou e saiu sem fechar a porta e desceu as escadas, obviamente frustrado. A cabeça quase explodindo depois do dia que enfrentara, a dor voltara agora com um zumbido no ouvido esquerdo.

Heller estava soltando a corrente da bicicleta quando ouviu a porta do apartamento se abrir e o som de passos se aproximando.

– Eu acho que você já passou tempo demais nessa bicicleta hoje – Salim o aconselhou.

– Na verdade, não – disse Heller, numa voz rouca. – Acho que passei foi muito tempo com *você*, hoje.

149

Ele podia sentir Salim, quase vê-lo, parado, sem ação...
Heller levantou-se e virou-se para ele.
– Por que você veio aqui e contou para eles de ontem à noite! Eu faço o maior esforço para impedir que eles fiquem sabendo das minhas coisas! – Heller fez uma pausa, respirando forte. – Pensei que nós fôssemos amigos!
– Se você não quer que eles saibam nada a seu respeito, então não se coloque numa posição em que um amigo tem que te trazer para casa e te enfiar na cama... Claro que eles sabiam de ontem à noite –, *eles* deixaram que eu entrasse na sua casa, ontem.
Heller imediatamente se arrependeu das próprias palavras. – Foi você que me trouxe para casa, ontem?
– Você pensa que veio voando?
– Eu não me lembro.
– Agora, você já entendeu por que as pessoas bebem para esquecer.
Heller engoliu, tentando desesperadamente lembrar-se do que tinha acontecido depois que eles saíram do bar... Sim, aquela parte agora faz sentido para mim.
– E se alguém aqui devia estar bravo, agora, sou eu.
Salim tirou um maço de notas de dinheiro. O dinheiro de Heller, os setenta e cinco dólares que Iggy lhe dera. Menos sete. Ele entregou as notas para que Heller as contasse.
Heller não conseguia impedir que a culpa se espalhasse por seu rosto, pensou em inventar uma mentira, depois desistiu.
– Você tem pena de mim? – perguntou Salim.
Heller pensou nisso, depois concordou com a cabeça, envergonhado.

– É por causa da Nizima, Heller?

– É por causa de tudo...

– Tudo? – perguntou Salim, incrédulo. – Nem tudo vai mal para mim; eu ainda estou aqui... Mas pena não ajuda a resolver uma situação como a minha, e a caridade não tem espaço numa amizade como a nossa.

Salim atirou-lhe o maço de notas.

Heller o apanhou no ar. Olhou para as notas, sem sentir vontade de colocá-las de volta no bolso.

O ar noturno estava refrescante. Quase frio.

– Se você nos pagasse um jantar – sugeriu Salim –, eu não ia me ofender.

Heller suspirou.

– Desculpe, Salim.

Os dois amigos começaram a caminhar pela rua, lado a lado.

– Você conhece algum restaurante? – perguntou Heller.

– Conheço sim.

Uma ambulância passou, de luzes apagadas. Em silêncio.

CAPÍTULO 24

Era um restaurante pequeno, de comida turca, ambiente animado, à meia-luz.

Salim e Heller sentaram-se numa mesa de canto, comendo pratos típicos. Um músico sentado numa mesa, que funcionava como palco, cantava e tocava guitarra. Quase todos os fregueses o acompanhavam cantarolando palavras que Heller não conseguia compreender. Quase todos cantavam, como se a canção os aproximasse de seu país de origem. Heller não sabia como se portar, como agir; ele tinha a sensação de que sua pele brilhava, atraindo a atenção de todos.

Mas a comida era perfeita.

– Você se lembrou de acorrentar a bicicleta? – perguntou Salim com a boca cheia de comida.

– Lembrei – respondeu Heller comendo uma fatia de pão –, bem, eu fechei a trava, então...

Eles continuaram a comer.

– Então... – Salim limpou a boca com um guardanapo e serviu-se de mais falafel. – Para onde você vai, Heller?

Heller engoliu sua comida.

– Para nenhum lugar.

— Bom, você certamente chegará lá bem depressa.

Heller o encarou.

— Você tem aquela sensação de que ninguém entende nada do que você diz? Sinceramente?

— Pouca gente consegue me entender.

— Bom — Heller ficou brincando com a comida no prato —, eu acho que você é o único que me entende.

— Eu não.

Heller ficou de queixo caído.

— Bem, nem sempre — corrigiu Salim. — Você nasceu de bicicleta, Heller?

— Minha namorada gosta de outro cara.

— Minha namorada está *casada* com outro cara. Na certa, agora ela está dançando com o sujeito.

Heller descansou os talheres.

Salim olhou para trás dele, observando o guitarrista afinar seu instrumento.

— Salim? — aventurou-se Heller. — Você não se lembra mesmo das suas primeiras palavras para Nizima? Meu pai se lembra da primeira coisa que falou para a minha mãe, lembra de tudo o que sentiu.

O músico começou a tocar uma canção. Lenta e melancólica, num ritmo que foi afastando Heller de seu mundo, e foi como se ele pudesse ver as notas dançando em volta de Salim, encontrando uma casa em seus ouvidos, depositando-se nas suas roupas, temperando sua comida, esfriando sua bebida.

— *Ondort binyil gezdim pervanelikde...* — recitou Salim em voz baixa —, você lembra disso da noite passada?

– Lembro – disse Heller sinceramente, a voz baixa, percebendo que algo estava para acontecer.

– Prometi amá-la por catorze mil anos – é isso que as palavras significam. Foi assim que me senti quando a vi, pela primeira vez. Pensei nessa canção... Pensei que minha alma tivesse esperado a vida inteira por ela...

A música continuou e Heller reconheceu as palavras agora, reconheceu Salim, nos versos.

– Eu tinha voltado de Istambul. Voltado para o povo de minha mãe, o único lugar seguro para mim. Eu nunca tinha estado lá, mas minha mãe sempre me contava histórias. No idioma dela. Curdo. Mas só em casa, porque todos estavam proibidos de falar curdo. Minha mãe nem sequer pôde me dar um nome curdo. Os outros homens que repartem o apartamento comigo não podem saber disso, mas, naquele tempo, eu inventei que uma parte de mim mesmo não era curda.

– Mas, quando vi Nizima, finalmente descobri quem eu era. Pensei que soubesse quem eu era. Ela tinha catorze anos e estava prometida para outro homem. Guardamos segredo sobre nosso romance por muitos anos. Ela me disse que não se casaria com ele, embora soubesse o que lhe aconteceria, o que é feito a uma mulher sem honra. E eu pensava que se o pai dela descobrisse, ele me mataria.

"Mesmo assim, o pai de Nizima era mais esperto que nós... ele enviou os filhos a Istambul para descobrirem."

– Descobrirem o quê?

– Depois que os irmãos dela voltaram, Nizima veio ao meu encontro. Era uma noite sem luar e sinto tanta pena por mal conseguir lembrar-me de sua expressão na última vez em que nos falamos. Porque ela me disse que a polícia estava chegando. Que eu precisava sair da Turquia. E que eu devia lhe enviar dinheiro para que ela me seguisse depois. Fico imaginando se Nizima não me disse isso para me salvar, para evitar que o pai dela me matasse...

Salim suspirou. Seu suspiro misturou-se à melodia, dançando no ar.

– Agora, que consegui chegar nessa cidade, fazendo tudo quanto é truque possível e imaginário, correndo o risco de ser deportado, diariamente, depois de enviar o dinheiro para ela, depois de tudo isso...

Salim se calou.

A música continuou, o restaurante continuava animado, as pessoas envolvidas em seus jantares e conversas.

Heller não sabia o que fazer diante desse tipo de emoção. Não sabia como lidar com ela fora do trabalho; não sabia se conseguiria ajudá-lo fora do apartamento onde o conhecera.

– Você não pode pedir a ela o dinheiro de volta? – Heller tentou sugerir.

Salim balançou a cabeça.

– O dinheiro não tem importância.

– Não dá para você voltar? – indagou Heller.

– Não.

Heller fez uma pausa.

Um garçom apareceu e Salim o deteve com um gesto, pedindo uma taça de vinho tinto.

– Outra taça, Salim, você tem certeza? – perguntou o garçom.

– Deus há de compreender – disse-lhe Salim.

O garçom concordou com a cabeça, seguiu seu caminho. A taça de vinho chegou na mesa alguns segundos depois e Salim ficou brincando com ela, pensativo, a tristeza refletida sob as luzes do restaurante.

– Ela ainda pensa em você – disse Heller.

– Ela está dançando com o marido – comentou Salim, em voz baixa.

Heller fez que não com a cabeça, convencido.

– Eu acho que é *ele* que está dançando com ela.

Salim deu uma risada curta, sorriu.

– Você é um garoto esperto.

– Não mesmo – disse Heller, constrangido, levantando os talheres para continuar a comer.

– Você tem intuição – insistiu Salim. – Você tem muita intuição e precisa ouvi-la.

– Você me ouve... – disse Heller.

– Eu compreendo você...

Heller mordeu o lábio.

– ... E não é fácil quando o resto do mundo não te entende. Quando os ouvidos e olhos das pessoas se fecham para aquilo que está bem diante delas, cegos por pura distração.

– Então, o que preciso fazer? – perguntou Heller.

Salim tomou um gole de vinho, colocou o copo na mesa.

– Se você acorda e dá com sua casa em chamas, você tenta escapar o mais rápido possível, correndo para fora da casa feito um louco? Ou você fica calmo e sai tranqüilo, mesmo no meio das chamas?

– Eu saio correndo da casa.

A CIDADE EM CHAMAS

— É isso que você vive fazendo. É isso que todo mundo faz quando chega o problema. O certo seria sair andando calmamente. Devagar. Bem devagar, porque senão a fumaça queima o pulmão e a pele, e as chamas irão destruir sua casa de qualquer jeito... Devagar.

— Devagar... — repetiu Heller.

— Faça com que ela te veja.

— O quê?

— Ela *ainda* não te viu.

Os olhos deles se encontraram no meio da mesa.

Ambos pediram sobremesa e café antes que Heller pedisse a conta.

CAPÍTULO 25

Mais tarde, eles ficaram sentados no terraço de Heller, em cadeiras de jardim, olhando a vista do resto do bairro. Os sons da cidade faziam cócegas nos ouvidos. À distância, os prédios comerciais alcançavam os céus, ocultando a Estátua da Liberdade. Durante quase uma hora, ninguém disse nada. Quietos e introspectivos, como se os pensamentos brincassem de esconde-esconde fora de suas mentes.

Salim estendeu o braço, ofereceu um gole de vinho da garrafa comprada na noite anterior. Heller olhou para a garrafa, gemeu, fez que não com a cabeça.

Salim riu, tomou um gole.

Ambos continuaram em silêncio sob a meia-lua.

CAPÍTULO 26

O sol nascia.

Heller ainda estava sentado na cadeira do terraço, de olhos fechados, um minuto depois de acordar. Ao seu redor, passarinhos voavam, limpavam as penas, chamando uns aos outros. A luz se infiltrava no meio de uma névoa pálida, no céu azul cor de anil e horizonte cor de laranja. Os ruídos das pessoas que trabalhavam à noite, e agora voltavam para casa, para dormir em suas camas intactas, acionando seus despertadores quando os vizinhos desligavam os seus.

Segunda-feira em Manhattan.

Em alguma esquina, vários quarteirões adiante, uma explosão arrebentou o ar, o cano de descarga do carro de alguém fez um barulho de uma bomba.

Os pássaros se reuniram, formando uma nuvem escura que durou um instante e depois se dispersou.

Heller abriu os olhos. Ele os apertou e os esfregou para conseguir enxergar sob o sol da manhã. Olhou para a esquerda. Salim partira. A garrafa de vinho vazia ao lado da cadeira.

– Bom-dia – Heller murmurou para si mesmo.

Espreguiçou-se.

A água caiu sobre Heller como uma cascata.

O vapor subiu de seus pés, formando gotas de condensação nos ladrilhos do box, na cortina, nas paredes e no teto do banheiro. As gotas produziam sons suaves ao cair na pele de Heller, fios de água escorriam de seu cabelo, de seu rosto, limpando-o. Os últimos dois dias de suor e bebida caíam aos seus pés, entrando pelo ralo.

Heller relaxou, ficou mais dez minutos dentro desse casulo líquido.

Pensou em Salim.

Pensou em Silvia.

Sua mente passeou por eles e logo os dez minutos terminaram.

O espelho parecia estranho.

O reflexo, o rosto de Heller, o encarava de volta; era como se aqueles dois não tivessem se visto há muito tempo. Uma reunião que acontecia anos depois. Heller penteou o cabelo para trás, repartindo no meio.

Puxou um topete de moicano.

Heller olhou no calendário, só para ter certeza de que não passara dois anos dormindo. Ainda era 9 de julho de 2001.

Roupas limpas: meias, cuecas, cartas e a camiseta de trabalho.

Olhou de volta para o espelho, ainda restava uma vaga semelhança.

Heller ergueu a sobrancelha, deu um sorriso largo, psicótico.

– Quem é esse novo cara? – perguntou para si mesmo, de provocação.

Heller decidiu que não tinha problemas com o reflexo que via.

Piscou.

Uma onda de constrangimento passou por ele, e Heller verificou se algum de seus cartazes tinha reparado na cena. Eles estavam imóveis, frios e imparciais.

Heller foi tomar seu café da manhã.

Cereal e leite frio.

Heller não via seus avós desde que chegara detonado na noite anterior. Eles se sentaram à mesa, sem dizer nada. Aguardando que Heller atirasse a primeira pedra.

Heller comeu cereal com leite, olhando dentro do prato, pensava no que poderia dizer.

Terminou a refeição o mais rapidamente possível, colocou os pratos na pia.

– Seus pais estão preocupados com você... – disse Eric.

Heller ficou de costas para ele, abrindo a torneira da pia.

– Por quê?

– Porque – disse Florence – nós estamos preocupados com você.

– O senhor Adasi parece ser muito gentil – começou a dizer Eric –, só que ele parece estar... influenciando você.

Heller fechou a torneira, virou-se de frente para os avós.

– Salim é meu amigo... Ele é o meu melhor amigo.

– Há quanto tempo você o conhece? – Eric perguntou incrédulo. – Dois dias?

– Já faz tanto tempo assim? – Heller perguntou ironicamente, consciente de que uma parte de Salim respondia às perguntas em seu lugar.

– E seus outros amigos? – indagou Florence.

– Eu não tenho outros amigos – Heller lhe disse, apanhando as chaves sobre a mesa. – Ninguém. Nada. Eu não tenho amigos. Sou mais impopular do que disenteria.

Foi bom dizer isso.

Foi bom ver a cara deles.

– Eu vou trabalhar, pessoal – disse Heller –, volto na hora do jantar.

Ele saiu, brincando com as chaves, assobiando baixinho.

O orvalho da manhã ainda protegia a cidade dos raios de sol. Na praia, seria um dia perfeito, quente. Com a temperatura serena de um cartão-postal. O vento era lento, sinuoso; mesmo os carros que passavam davam um jeito de sussurrar à sua passagem.

Heller soltou a corrente da bicicleta.

Estava quase subindo nela, quando parou. Levou um tempo olhando no relógio.

Virou-se na direção de seu prédio e depois desceu a rua, levando a bicicleta ao lado.

A cidade o seguia, uma companhia agradável numa segunda-feira de manhã.

Heller andou sobre o chão de concreto arrebentado da rua Kenmare. *Ondort binyil gezdim pervanelikde*, cantou para si mesmo, pensando na história de Salim, tentando ver se conseguia lembrar-se de mais alguém do passado, imaginando o amor num país distante.

Heller entrou pela porta do número 1.251 e subiu as escadas para fazer seu trabalho.

CAPÍTULO 27

O caos era absoluto.
A placidez da caminhada de Heller estilhaçou-se num minuto.
A firma tinha virado um pandemônio. A movimentação era insana. Telefones fora do gancho, funcionários andando de um lado para o outro, mensageiros idem, Iggy comandando os computadores e Dimitri comandando na base do berro.
Era avassalador, um circo cujos palhaços teriam cometido suicídio no meio do espetáculo.
Heller deu alguns passos para entrar na sala, atordoado.
Garland Green passou voando por ele. O tornozelo direito enfaixado.
– O que está acontecendo? – perguntou Heller.
– Uma improbabilidade estatística – respondeu Garland.
– O que aconteceu com sua perna?
– Machuquei o punho – Garland respondeu, sarcástico. – O que você acha, seu estúpido? Torci o tornozelo. Agora fiquei de telefonista.
– HELLER! – gritou Dimitri no meio da confusão.
– Dá pra alguém atender a linha 14? – gritou Garland.

– Eu atendo – Iggy disse a Garland, surgindo do nada. – Encontre o número do celular do Rich Phillips, diga que o dia de folga dele está de folga.

– Ele não vai gostar disso.

– Bom, Richard pode enviar um telegrama de pêsames para si mesmo. – Iggy agarrou o braço de Heller e o levou para o campo de batalha. – Tem bebê nascendo por tudo quanto é canto. Heller deu uma volta, puxado por Iggy, quase perdeu o equilíbrio.

– Iggy, o que está acontecendo?

– Os bebês – Iggy disse com um tom de ira na voz que era normalmente tão calma –, uma quantidade maciça de bebês... Casamentos. Divórcios. Aniversários. Falecimentos. Nascimentos. Heller, nossa agência virou o centro do universo.

Iggy se espremeu para conseguir sentar na escrivaninha, apanhou o telefone, falando de um jeito tão amistoso que se tornava perigoso.

– Sim, senhor, estamos passando sua ligação para o departamento que cuida das mensagens Saudades de Você, desculpe pela demora, é só um instantinho. – Ele bateu o telefone, atacou o teclado do computador, falando com Heller pelo canto da boca. – E o pior é que metade dos mensageiros não vai dar conta do recado hoje.

– Por que não?

– Eles estão com mononucleose – disse Iggy, lendo uma mensagem que dizia ERRO no monitor. Deu um murro na mesa. – A DOENÇA DO BEIJO! Não sobrou nenhuma mulher em nossa equipe! Será que só temos um bando de babacas de patins que não têm mais o que fazer do que ficar passando infecção na base do boca a boca?

Dimitri aproximou-se, sua presença imensa aumentando o pânico geral.

– Heller, que diabo de penteado é esse?

Heller percebeu que ainda estava com o topete de moicano que tinha feito de manhã. Pediu desculpas baixinho enquanto arrumava o cabelo.

– Você já pegou os computadores do terceiro terminal? – Dimitri perguntou a Iggy.

– O Simon está resolvendo isso.

– Você chamou o Rich Phillips?

– Ele também está trabalhando nisso, PAI.

Dimitri virou-se para Heller.

– E você ainda está aqui por quê...?

– Heller, recebi duas mensagens. – Iggy atirou os cartões e as fichas para Heller, que imediatamente derrubou tudo isso no chão. Enquanto ele tentava organizar a papelada, Iggy continuava a falar: – Temos um falecimento e um aborto. Depois que você entregar essas mensagens, quero que volte mais duas vezes já que decidi priorizar estes serviços.

– RICH PHILLIPS NA LINHA DOIS! – gritou Garland do outro lado da sala.

– Passe o serviço por telefone, ele pode assinar a ficha depois de resolver tudo isso! – gritou Dimitri como resposta.

Iggy agarrou o braço de Heller novamente, a tensão concentrada na mão que o apertava.

A CIDADE EM CHAMAS

– Heller, hoje não temos tempo para conversa comprida. Eu preciso de você entrando e saindo desses apartamentos *bem rápido*.
– Não pare para comprar flores – acrescentou Dimitri.

Heller soltou-se da mão de Iggy, horrorizado.

– Você não pode me pedir isso.
– Estou avisando – rebateu Dimitri.
– Eu não posso *fazer* isso!
– Heller! – Dimitri debruçou-se sobre ele, chegando bem pertinho. – Existem cento e quarenta crianças nascendo a cada minuto nesse planeta e nós ESTAMOS RECEBENDO MENSAGENS SOBRE CADA UMA DELAS A CADA SEGUNDO QUE PASSA, E NÃO TEMOS TEMPO!
– DÊ UM DESCANSO AOS MORTOS! – ordenou Iggy.
– ANDA!
– ANDA LOGO!

Heller virou a cabeça, a adrenalina correndo em galões.

CAPÍTULO 28

Não era assim que se faziam essas coisas.
Parado no meio de um saguão espaçoso, cara a cara com um porto-riquenho nervoso chamado Hector Quiroga.
Ele lhe entregou a mensagem, sem flores ou palavras de conforto.
— Senhor Quiroga, sua filha decidiu abortar o bebê.
Raiva misturou-se à dor nos olhos dele.
— Por que ela quer fazer isso conosco? — perguntou.
Heller podia sentir os segundos se passando a cada batimento de seu pulso.
Ficou calado.
Heller rasgou a cidade como se os caminhos fossem folhas de papel, o rosto sério, sentia-se como se os sinais de tráfego e os cruzamentos rissem dele.
Chegou numa cozinha apertada.
Uma mulher do Quênia, de olhos fechados e respiração entrecortada, perguntou a Heller se o pai dela tinha sofrido muito antes de morrer.
— Nós não sabemos...
Olhando no relógio, sentindo-se mal com a desonra que trazia para si.

De volta à firma, Iggy lhe entregou mais mensagens, infortúnios vindas do exterior.

– ... E no final da lista, vem essa: esqueci do seu aniversário.

Rich Phillips passou por eles, caminhando serena e calmamente.

– Vocês já distribuíram todos os cartões que foram impressos?

– Se conseguirmos enviar um terço deles, já estará bom!

– Iggy, distribuíram ou não?

– FORÇA AÍ, PESSOAL, ASSIM NINGUÉM PERDE O EMPREGO!

A cidade, lembrando-se que era verão, sentiu o calor estourar no ar, subindo pelo metrô e bueiros.

Um polonês, no apartamento da rua 95, abraçava uma garotinha.

– Você não tem mais nada para me contar? – Um olhar duro, desesperado, a mão acariciando a cabecinha da garota. – Não tem mais nenhuma notícia? Nem sinal da volta dela, nenhuma mensagem dela ou da mãe dela?

Heller ficou parado estoicamente, tentando ser apenas profissional.

Os músculos do queixo tensos, dentes rangendo.

Desceu a Terceira Avenida, a Segunda, entrou e saiu do trânsito, entrou e saiu de apartamentos, a pulseira do relógio irritava a pele, os prédios perdiam seus contornos no horário de pique do trânsito, as estruturas imensas, concretas, transformavam-se em fileiras e mais fileiras de lápides.

Um casal hindu sentado no sofá.

A morte de um parente numa rebelião.

A cabeça dela no colo do marido, chorando, os soluços saindo abafados, às prestações.

O rosto do marido, lívido, tentando compreender, aguardando que as notícias se instalassem dentro dele, para alcançarem sua consciência.

Heller limpou a garganta, a voz reservada.

– O senhor pode assinar essa nota, por favor?

Tudo isso espremido numa única tarde.

A cada mensagem, doenças seguiam-se a mortes, e o que mais?

Um mundo inteiro aprisionado no abraço das fatalidades.

Uma fatalidade se somava à outra, a cada segundo que passava, sem sobrar tempo algum para a compaixão.

Bastava ser profissional, como sempre.

Heller dobrou uma esquina, agarrou-se a um ônibus para aumentar a velocidade. Ele não conseguia mais pensar, ou prestar atenção. Estava perdido tentando competir com a morte enquanto o termômetro subia.

Soltou-se do ônibus, foi pedalando até seu próximo endereço.

Heller passou por Salim, parado a algumas quadras ao sul do Parque Washington.

Heller olhou as horas, mal pôde ver seu melhor amigo.

Correu até a firma, pronto para enfrentar mais serviço.

CAPÍTULO 29

Tudo havia se acalmado.

Agora a firma parecia uma panela em fogo baixo.

– Como vai você, Heller? – perguntou Iggy, preenchendo um formulário de reparos, parado ao lado da cafeteira.

– Terminei tudo... – disse Heller, entregando-lhe os recibos.

– Muito bem.

– ... Não está certo, Iggy, tratar assim aquelas pessoas.

– É como as coisas funcionam, Heller.

– Foi errado.

– Às vezes, as coisas funcionam desse jeito... – disse Iggy.

Ele folheou a papelada, enquanto Heller ficou parado do lado, calado.

Heller foi até o banheiro, lavou o rosto. O espelho estava quebrado no meio e ele não conseguia enxergar-se direito. A água passava pelo cano, fazendo um ruído oco, líquido.

Garland entrou mancando, carregando uma revista para noivas.

– Talvez eu finalmente consiga ler um pouquinho – murmurou, fechando a porta do banheiro.

De volta ao escritório, Iggy segurava uma folha de papel, um sinal de interrogação impresso no rosto.

– E a mensagem do cara que esqueceu do aniversário?
– Aniversário?
– A Greta Anderson: seu "filhinho" Ralph, não virá passar com ela o aniversário dele de 40 anos, como havia prometido. Confuso, Heller enfiou a mão no bolso de trás e tirou dele um recibo sem assinatura. Ele murmurou:
– Mas eu não entrego mensagem de feliz aniversário, Iggy.
– É um aniversário esquecido; não é o naufrágio do *Titanic*, eu sei, mas acho que dá pra você tirar alguma coisa disso. Faça isso com calma, você já trabalhou bastante esta manhã. Conte para Mama Greta sobre o Ralph e depois vá comer alguma coisa.

No alto-falante, a voz de Dimitri:
– Iggy! Onde foi parar o Rich Phillips?

Iggy apertou o botão do interfone.
– Ele disse que ia tomar um café.

Heller sentiu seu estômago embrulhar.

CAPÍTULO 30

Aquilo combinava direitinho com o resto do dia.

Greta Anderson era uma senhora inglesa de sessenta e cinco anos, com um sotaque forte e o cabelo tão branco quanto o rosto coberto de pó-de-arroz. Ela morava em Tribeca, uma área tranqüila que raramente recebia o vento que passava pelo resto da cidade. O apartamento tinha uma decoração excêntrica, limpa, impecável. Nada parecia usado ou gasto. O sofá branco diante de uma mesa de vidro sobre um tapete branco.

Ela não parecia muito aborrecida com as notícias do filho. Heller sentou-se em frente a ela numa poltrona grande.

Um bolo de morango gigantesco estava entre eles, complacente, intocado, no meio da mesa de vidro.

— Bem, não posso ficar muito chateada, certo? — disse Greta. Ela falava de um jeito macio, mole, como se não tivesse muita vontade de viver. — Não é bem uma tragédia, não é?

— Não... — Heller mantinha as frases breves. — Não mesmo.

— O menino faz sucesso e gente bem-sucedida é sempre ocupada.

— É.
— Imagino que a vida de um executivo importante seja assim. E agora ele conseguiu a conta de uma firma de patins de alta tecnologia.

Heller poderia tê-la estrangulado por essa informação, mas no lugar disso falou sem sinceridade:
— Parabéns.
— O tempo é como a passagem...
— Bem, senhora Anderson — Heller a interrompeu impaciente —, tenho certeza de que a senhora precisa de um tempo para pensar nesse assunto, talvez para fazer uma prece para Ralph.
— Ah, você é tão gentil — Greta suspirou, ignorando a atitude de Heller. — Quer um pedaço de bolo?
— Eu realmente preciso ir. De verdade.
— Quer dizer, você não quer levar o bolo inteiro de presente? Eu só comprei por força do hábito. Ralph adora morango. Ande. Leve o bolo e reparta com alguém que você goste.
— Alguém *que você goste* — Heller pensou, um alívio súbito espalhando-se por dentro, juntamente com imagens de Silvia.

Finalmente, uma espécie de sinal.

Greta apanhou o bolo inteiro e sorriu.

CAPÍTULO 31

Heller estava parado do lado de fora da lanchonete, apoiado na bicicleta. Equilibrado no guidão, o bolo de morango. Quando Silvia saiu, Heller encheu-se de determinação. Mesmo diante das sandálias dela, seus tornozelos elegantes, ele não ficaria nervoso. Heller observou-a conferir o conteúdo de sua bolsa, esperou um pouco para que ela começasse a andar, antes de chamar a atenção da garota dizendo com firmeza:

– Ei...

Silvia virou-se, o cabelo batendo no rosto antes de voltar a cair sobre os ombros. Ela olhou para ele, o rosto vazio.

– Oi.

Os nervos de Heller despertaram, voltando à vida, e ele perdeu um pouco a pose.

– Ei... – ele repetiu, esperando por outra oportunidade de ser suave.

Os olhos de Silvia se estreitaram:

– Eu já te conheço?

– Talvez um pouco.

Silvia não chegou a sorrir. Mas seus olhos demonstraram uma certa ambigüidade – um brilho misturado com uma vaga lembrança. Algo de novo.

– Eu trouxe um bolo para você – declarou Heller.

Silvia parecia divertir-se um pouco.

– Eu trabalho num café.

Heller olhou para o toldo da lanchonete.

Ela estava certa.

– Eu... – ele tentou pensar rápido. – Eu trouxe o bolo especialmente para você.

Silvia levantou a sobrancelha, inclinou a cabeça. Aproximou-se, agora com um sorriso de verdade no rosto. Heller mal conseguia acreditar. Ela caminhou até ficar perto dele, muito mais perto do que ele jamais poderia imaginar. Bem pertinho, o braço dela encostando-se ao dele.

Arrepio no meio do verão e Heller mordeu o lábio para evitar que um tremor agradável percorresse sua espinha.

Ela olhou para o bolo. Produziu uma espécie de som e Heller também olhou para ele, reparando na cobertura, reparando pela primeira vez que ela continha uma frase:

– FELIZ ANIVERSÁRIO, RALPH! MAMÃE TE AMA!

Heller e Silvia olharam um para o outro.

O cérebro de Heller lhe deu um chute na bunda enquanto ele procurava o que dizer.

Silvia chegou primeiro.

– Como é meu nome? – ela perguntou brincando.

Uma pergunta simples e Heller não conseguia ter voz para pronunciá-lo, em voz alta, diante dela.

— Meu nome não é Ralph.

Heller olhou de novo para o bolo, só para conferir se não tinha errado, se não tinha ouvido Silvia dizer outra coisa, se não havia chance de ele não ter cometido uma bobagem daquelas.

Feliz Aniversário, Ralph! Mamãe te ama!

A frase continuava lá.

Heller olhou para cima, diretamente para a face de Silvia, enquanto o rosto dele brilhava incandescente, sentindo um calor que punha a temperatura do verão no chinelo. Procurando uma saída, a humilhação que se transformava num suor que já grudava na sua nuca, Heller disse a primeira coisa que lhe veio à cabeça:

— Você quer dar uma volta? De bicicleta? Junto comigo?

Na mesma hora em que o convite foi feito, Heller percebeu que tinha cometido outro erro.

O rosto de Silvia ficou sombrio, encoberto pela mesma nuvem que a seguira desde o primeiro dia em que Heller a vira na janela na lanchonete. Em algum lugar bem longe, chovia muito.

— Eu detesto bicicleta — Silvia lhe disse, a voz séria.

Heller ficou desesperado.

— O quê? — e a pergunta saiu com tanta força que chocou Silvia. Heller fez o máximo para se desviar desse momento trágico, tentando abaixar a voz. — Por quê?

Silvia levantou a perna esquerda. Colocou o pé no banco da bicicleta de Heller e lentamente ergueu a calça acima da canela. Sua pele era tão bronzeada quanto o resto do corpo, pelo menos as partes visíveis. Heller estava confuso e emocionado ao mesmo tempo. Ela ergueu a calça até acima do joelho, enrolando a bainha.

Em seu joelho havia uma cicatriz. Uma cicatriz antiga, com certeza, e profunda. Uma cor avermelhada, a veia exposta cortando a superfície da pele.

– Ganhei essa cicatriz quando tinha oito anos... – Silvia lhe disse. – Nunca mais quero andar de bicicleta.

Heller perdeu a fala. Sentiu-se preso na própria armadilha, aprisionado entre Silvia e sua bicicleta. Ele olhou para a cicatriz, ao mesmo tempo que ela, ambos perdidos numa contemplação silenciosa.

Silvia fitou Heller nos olhos.

O coração do garoto disparou.

– A cicatriz vai até em cima – ela disse com uma voz rouca, os olhos abertos.

Heller soltou o ar que estava preso no peito.

Silvia colocou o pé de novo no chão, e a bainha da calça desenrolou sozinha.

Ela manteve os olhos em Heller, como se esperasse algo.

Um casal saiu da lanchonete, rindo e tropeçando, quebrando o silêncio e foi isso.

Silvia acenou de leve, como se estivesse se despedindo:

– Da próxima vez, tente uma coisa diferente, ciclista.

Ela foi embora, caminhando na calçada, na mesma direção do dia em que Heller a seguira até o correio. Ela o deixou parado, sozinho, com a bicicleta e o bolo de morango, assando ao sol. As moscas começaram a aparecer e Heller não teve outra escolha a não ser voltar para o trabalho.

CAPÍTULO 32

Heller entrou nos escritórios da firma, o bolo da derrota nas mãos, indo direto para a mesa de Iggy.
– Você trouxe uma coisa para mim? – Iggy disse distraído.
– Você quer bolo?
Iggy deu uma olhada no bolo.
– Eu detesto morango.
Dimitri aproximou-se, muito mais calmo do que antes.
– Dimitri – Heller estava desesperado –, pegue esse bolo, eu imploro.
– Bolo?
– É de morango... – avisou Iggy.
– Bom, eu detesto morango – Dimitri disse.
Heller ficou furioso.
– Qual é o problema do morango?
– Ninguém gosta de morango – Iggy lhe disse.
– Ralph gosta.
Iggy leu a frase na cobertura do bolo.
– É porque a mamãe gosta dele.

– ALGUÉM AQUI QUER BOLO? – Heller gritou, louco para livrar-se de tudo que o lembrasse de seu encontro com Silvia.

– Ninguém quer esse bolo estúpido – disse Rich de uma escrivaninha ao lado. Ele estava preenchendo formulários numa prancheta, as pernas para cima. Ficou olhando para Heller, irritado. – Você ganhou isso, Marie Antoinette?

– Está vendo? – disse Iggy feliz por provar que tinha razão.

– Ninguém gosta de morango.

– Eu adoro morango – disse Rich deixando a prancheta de lado, cruzando os braços com cara de satisfação. – É que eu já comi muito doce na hora do café...

Heller e Rich trocaram olhares.

– Rich... – Heller não pôde evitar, a coisa saiu antes que ele percebesse. – Você é um bundão.

Rich sorriu.

– Que palavra mais interessante, Casanova.

– Tudo bem, está tudo certo, vocês dois – Iggy disse diplomaticamente. – Rich, vá atormentar outra pessoa ou encontre uma coisa melhor pra fazer... Heller?

Heller ainda não tinha parado de fuzilar Rich com os olhos.

Rich nem parecia se importar.

– Heller – Iggy lhe deu um tapa e entregou-lhe um pedaço de papel juntamente com um cartão verde. – Você tem o marido da Magali DuBois que morreu na França, por razões desconhecidas até o momento...

Heller arrancou a informação das mãos de Iggy, caminhou até a porta, ainda segurando o bolo.

— Você não precisa ir a jato! — Iggy gritou às suas costas. — Descanse um pouco. Você não precisa se matar por isso.

Heller não diminuiu os passos.

— Tem uma pessoa que eu preciso ver antes — ele disse, de dentes cerrados.

Heller chutou a porta, o bolo pesando nos braços.

Ganhou as ruas de bicicleta, furioso, à procura de Salim.

CAPÍTULO 33

Quando Heller finalmente o encontrou, o ar estava úmido e pegajoso.

Salim estava barganhando com o vendedor de guarda-chuvas jamaicano, porque queria trocar uma cópia do livro *Tao Te Ching* por um guarda-chuva preto.

– Ei! – chamou Heller.

Salim e o jamaicano viraram-se ao mesmo tempo na hora em que Heller brecou a bicicleta na frente deles.

– Eu preciso falar com você – disse Heller.

– Tarde demais! – disse o jamaicano. – Acabei de vender meus dois últimos! Há, Há.

Ele se afastou, deixando Heller desorientado e Salim olhando para o bolo equilibrado no guidão.

– Quem é esse Ralph?

– Você me disse para desacelerar, para fazer com que ela *reparasse* em mim – gritou Heller, irado. – Que ela ainda não tinha me visto. Bom, agora ela me viu e acho que estava bem melhor antes.

Salim estava tentando agir com diplomacia.

– Eu te prometi um final feliz?

— O quê?

— Heller você tem que entender que quando Hector estava defendendo Tróia, não ficava preocupado com o resultado. Os deuses já haviam previsto a morte dele. Ele só sabia que *precisava lutar*, independente de ter ou não uma vitória...

— Salim — Heller interrompeu —, cale a boca. Fique quieto ou então me diga uma coisa *útil*. Estou *cheio* dessas respostas vagas, misteriosas para as questões que eu nem sei se você consegue entender.

— Eu acho que nem *você* entende direito o que está me perguntando.

— Eu sei que você está me aconselhando sobre garotas, sendo que nem mesmo a sua namorada você conseguiu conservar. — Heller estava irado, falando demais, sem tato ou consideração. — Você abandonou a Nizima, presa num casamento do qual você *sabia* que ela não conseguiria escapar, *e eu* preciso ir à luta? Ah, já sei, agora você vai começar a me contar a história do Davi e Golias, certo?

— Tudo bem... — a voz de Salim tremeu sob o tom de calma. — Agora eu não sei mesmo do que você está falando.

— Certo, não sabe — Heller lhe disse, subindo na bicicleta.

— Será que culpar os outros pelas suas desgraças ajuda você na hora de deitar a cabeça na cama?

Heller parou, alterado. Abriu a boca e viu que engolia as coisas que poderia dizer para defender-se.

— Heller, você não devia...

— Eu não devia perder tempo falando com um cara como você — berrou Heller.

Salim não respondeu, nos olhos, uma expressão de fragilidade.

De dor.

Heller arrependeu-se subitamente, sentindo um sabor de veneno na boca.

Ele engoliu em seco, pedalou com força e sumiu, deixando Salim de olhos arregalados, mãos na cintura, segurando um par de guarda-chuvas pretos.

Heller dobrou a primeira esquina que encontrou, os olhos selvagens e brilhantes. Ele estava tentando voltar ao trabalho de sempre, tentando lembrar qual seria a próxima mensagem que precisava entregar, mas só conseguia lembrar-se do nome da destinatária: Magaly DuBois.

Ele atravessou a Praça Washington. Ouviu alguns gritos esparsos e cumprimentos vindos das pessoas do parque, mas Heller os ignorou, enfiando-os na zona periférica da mente. Deixando que eles ficassem para trás.

Passou pelo meio de um coral que cantava uma canção de George Michael. Os barítonos e contraltos gritaram, afastando-se do caminho de Heller. Gritos de reclamação do coral, gritos de aprovação vindo de um bando de skatistas nas redondezas, embora Heller nem sequer reparasse nos aplausos ou nos gritos zangados.

Ele passou por um canteiro, abaixou-se com destreza e arrancou uma flor amarela com a mão. Ficou segurando a flor enquanto saía do parque, ainda mantendo o bolo maligno equilibrado no guidão.

Virou uma vez, duas vezes, na direção oeste.

No meio-fio, a dez segundos de distância, estava a viatura do Bruno, estacionada com o motor ligado. Bruno estava encostado no carro, conversando com uma morena de cabelos pela cintura, botas de couro preto.

Ela sorria.

Sorria quando Bruno lhe falava, os ombros largos e fortes.

A cena lhe dava enjôo.

Heller passou por eles voando.

Desacelerou um pouco adiante, parou.

Virou-se e viu Bruno em ação, cheio de charme, a insígnia brilhando, o uniforme bem ajustado.

Uma garoa caiu na cidade, quase invisível.

Não dava mais para agüentar.

Prendendo a flor no meio dos dentes, Heller voltou na direção de Bruno, um ronco que crescia firmemente no estômago. Ele segurou o bolo de Ralph, o bolo de morango, firme na mão. Preparou-se para um momento de pura satisfação.

– A MAMÃE AMA VOCÊ! – Heller gritou bem alto, chamando a atenção de todos que passavam na rua, os fregueses das lojas olharam pelas vitrines, surpresos.

O bolo atravessou o ar, fazendo um arco perfeito, um arco-íris do mais puro vermelho.

Ele caiu, empastelando o vidro do carro de Bruno.

Nacos de cobertura se espalharam pelo uniforme de Bruno, gotas de sangue de morango caindo nele e no decote da morena.

Heller olhou para trás.

Viu Bruno entrar no carro, fechar a porta e sair feito um louco em seu encalço.

Aumentando a velocidade, Heller voltou ao parque. Sua mente disparou, livre de qualquer pensamento, completamente aprisionada, capturada no movimento daquele momento interminável.

Lá atrás, ouviu Bruno ligando a sirene.

Aquele uivo estava chegando bem perto de Heller, que precisava respeitar o fato de que não seria capaz de ultrapassar a velocidade de uma viatura. Assim que ele sentiu o pára-choque beijando seu calcanhar, o bafo quente do motor derretendo as rodas de borracha, o garoto esticou os braços. Os dedos e a palma agarraram um poste. Segurando firme, ele deu uma guinada de 90 graus, saindo do caminho de Bruno. A viatura passou por ele voando, uma rajada de vento tocou sua nuca.

Heller percebeu que talvez Bruno estivesse realmente tentando matá-lo.

O garoto começou a suar, ouviu Bruno dar marcha à ré.

A chuva aumentou.

Ele dobrou a esquina, quase trombando com um carrinho de sorvete. Procurou refúgio no parque, mais uma vez entre os esquilos e os excluídos. A folhagem brilhava com gotas de orvalho, com os raios de luz que se refletiam rapidamente.

Outro trovão dividiu o céu e Heller pisou no freio.

Diante dele havia um policial a cavalo.

O chão estava escorregadio por causa da chuva e a bicicleta de Heller deslizou sozinha, parando a milímetros dos cascos do cavalo.

Olhos arregalados. Heller esticou o pescoço, e o cavalo negro empinou, as patas para o céu, elevando-se acima do garoto e sua bicicleta. As narinas abertas, baba escorrendo pelos dentes fortes, os músculos tensos como uma corda esticada. Olhos fundos, brilhantes.

Heller afastou a bicicleta, a boca aberta contendo um grito silencioso, colocou a roda da frente no chão e saiu correndo, o cavalo negro em seu encalço, a certeza de que, desta vez, não escaparia.

No parque inteiro, pessoas corriam para todas as direções, fugindo da tempestade de verão. A chuva caía nas ruas, formando rios pelo chão. Heller entrava e saía das poças, das pessoas que corriam para abrigarem-se, os cascos do cavalo batendo no chão atrás dele, aproximando-se rapidamente.

Contrariando o bom senso, Heller olhou sobre os ombros... Nada de cavalo.

Antes que Heller conseguisse raciocinar sobre sua recém-conquistada segurança, já estava do lado sul do parque, e a viatura de Bruno apontava numa esquina, acompanhada por outro veículo, os pneus dando uma guinada.

Heller ergueu-se no banco da bicicleta, carregou suas rodas com toda sua energia, as roupas pesadas sobre o corpo, os pulmões queimando, a respiração ardendo como uma chama que subia pelo peito. O garoto virou à esquerda, esperando entrar numa rua de mão única na qual o carro não poderia segui-lo.

Não adiantou.

Imerso na fuga, Heller não reparou quando passou voando pelo sebo de Salim pela terceira vez naquele dia. Não reparou quando Salim o chamou e lhe acenou loucamente, com o guarda-chuva. Não reparou no obstáculo que bloqueava a estrada em construção até um segundo antes do acidente. Os olhos repentinamente focalizaram-se na placa cor de laranja com letras negras, e ele tentou brecar.

Tarde demais.

A bicicleta de Heller deu uma guinada, jogou o garoto ao solo e arrebentou-se contra a barreira de madeira. As pernas de Heller estavam presas na bicicleta, as rodas ainda giravam, sem sair do lugar. Ele ficou de pé, examinou o corpo para ver se estava ferido, mas só encontrou alguns hematomas nas pernas, ombros e testa. Um pouco de sangue no lábio inferior que rapidamente se diluiu na água de chuva que escorria por seu rosto.

Num minuto, ele foi pego. As duas viaturas pararam diante dele, a cobertura do bolo do Bruno ainda estava em cima do vidro, mas agora era uma meleca composta por migalhas e resíduos açucarados.

Quatro policiais saíram de dentro dos carros, Bruno tomou a frente, o cassetete na mão.

Heller sentiu a adrenalina percorrer o corpo todo, ergueu a cabeça, colocando-se acima do conflito, vendo tudo de cima, deslocando o que acontecia para uma terceira pessoa, como se o perigo enchesse o garoto de uma vontade assustadora de desafiá-lo.

— Você vem comigo, ciclista! — gritou Bruno, avançando lentamente.

— Eu não vou a lugar nenhum! — Heller respondeu com a voz mais alta do que o barulho da tempestade.

A CIDADE EM CHAMAS

– Você está vendo esta insígnia?
– Sim, só acho difícil enxergar você atrás dela!
– Tudo bem... – Bruno estava quase em cima de Heller.

Os outros policiais pareciam nervosos, preocupados e de prontidão, os braços posicionados para entrar em ação a qualquer momento. Atrás deles todos, Salim corria em direção à cena, brandindo seu guarda-chuva inconscientemente, tentando deter os problemas antes que aumentassem ainda mais.

– Chega de bicicleta, garoto! – declarou Bruno, a apenas alguns passos de Heller.

Salim atravessou a fila de policiais, provocando um grito:
– Cuidado, Bruno!

Depois disso, tudo aconteceu rápido demais para ficar na memória.

Bruno virou-se assim que Salim estendeu a mão para colocá-la em seu ombro. O policial afastou-se, enfiou o cassetete no estômago de Salim.

Salim dobrou o corpo. Um braço cobrindo o estômago, o outro levantado, silenciosamente pedindo a Bruno que parasse, que esperasse um pouco.

Bruno interpretou o gesto como uma ameaça, bateu com a arma nas costas de Salim.

Salim caiu no chão.

O outro policial ficou parado observando enquanto Bruno golpeava Salim sem parar.

Na cabeça, nas costas, nos ombros e nos braços.

Heller viu tudo horrorizado, paralisado. Água entrando nos olhos, caindo no rosto, tampando sua visão, deixando-o ouvir os sons dos golpes, em todos os detalhes.

Nada além do ruído da carne ferida, ossos quebrados.

Ele piscou, e num minuto aquilo acabou, e sua vista clareou.

Salim levantou os olhos para ele, encarando-o diretamente, o rosto contorcido de dor.

O rosto coberto de sangue.

O resto dos policiais correu para cima de Salim, enfiando-o dentro da viatura de Bruno.

Bateram a porta ao som de um trovão.

Heller saiu de seu estado de paralisia, um súbito excesso de sensações apoderou-se dele.

As viaturas já estavam começando a afastar-se, quando Heller gritou para que parassem. Saltando na bicicleta, ele os perseguiu. Conseguiu dobrar duas esquinas, esforçando-se ao máximo, mas, finalmente, a tecnologia triunfou.

Heller diminuiu as pedaladas até parar.

Viu quando as viaturas desapareceram à distância.

O ponto em que desapareceram aumentou aos olhos dele.

A respiração ficou difícil, a cabeça virando em mil direções ao mesmo tempo, ele se perguntava para onde estariam levando Salim, e o que eles lhe fariam quando estivessem longe dos olhos da cidade, e se ele conseguiria ver seu amigo outra vez.

A chuva parou repentinamente.

De uma vez.

As ruas vazias estavam quietas, lembrando-se da tempestade, mantinham as portas fechadas.

Depois, as pessoas começaram a ressurgir lentamente. Saíam pelas portas e ruelas, movimentando-se entre os detri-

A CIDADE EM CHAMAS

tos daquele dilúvio, os olhos desfocados, como se estivessem vendo tudo pela primeira vez.

A atividade voltava, a cidade estava restaurada.

Heller olhou para a mão.

Viu a flor para Magaly DuBois.

Sem saber o que mais poderia fazer, chocado para além da capacidade de fazer outra coisa além daquilo que resolvera no início do dia, aquilo que ele tinha que fazer, aquilo que todos esperavam dele.

De qualquer modo, era só o que lhe restava.

CAPÍTULO 34

Foi estranho voltar ao trabalho.

Parado diante de outra porta, aguardando pela resposta inevitável.

Era como se nada tivesse acontecido.

Heller estava surpreso diante da calmaria em que se encontrava.

Ele percebeu que tinha começado a chorar.

Parou, mordeu o lábio.

De repente, tudo bem, ficou em paz outra vez.

A porta se abriu.

– Madame Magaly – Heller começou antes de interromper-se.

Magaly DuBois estava parada na soleira da porta, saída do chuveiro.

A toalha enrolada na cabeça. Outra toalha enrolada no corpo.

Talvez ela tivesse vinte e nove anos. Magra, rosto angular, estranhamente marcado por lábios cheios e olhos que lembravam o flash indiferente de uma máquina de fotografar. Pernas bem torneadas, um quadril largo demais para uma mulher tão magra. Os restos de espuma de seu banho ainda brilhavam nos braços, pescoço, no rosto úmido e brilhante. Ela ficou parada, a pose elegante, nitidamente à vontade.

Seus olhos mediram Heller dos pés à cabeça. Heller tentou não fazer o mesmo.

– Magaly DuBois? – perguntou ele, finalmente recuperando a voz.

– É... – um sotaque francês, inconfundível, enfeitava sua voz. – Quem é você?

– Eu sou... da Agência de Mensagens Personalizadas... eu trouxe uma mensagem para você.

Os olhos de Magaly se suavizaram, embora não demonstrassem nenhuma preocupação. O rosto demonstrou apenas a expressão de quem está com calor.

Ela sorriu.

– Por favor, *soyez le bienvenu*.

Heller avançou um passo, tomando todo cuidado para não esbarrar em nenhuma parte dela.

A moça fechou a porta e o levou até a sala de estar.

Toda a mobília estava coberta por lençóis brancos. O quarto inteiro parecia estar repleto de formas irregulares, fantasmas que descansavam, cansados demais para chocarem ou espantarem estranhos. A luz acinzentada que se infiltrava pela janela emprestava uma tonalidade azul a tudo aquilo.

Heller e Magaly ficaram face a face.

– Madame DuBois – começou a dizer Heller.

– Desculpe por deixá-lo esperando – disse ela. – Eu estava no chuveiro.

– Madame DuBois – Heller continuou, determinado a cumprir pelo menos uma tarefa naquele dia –, não existe um jeito fácil de dizer-lhe isso, mas infelizmente seu marido faleceu.

A expressão de Magaly não se alterou. Ela só ficou olhando para Heller durante um longo tempo.

Finalmente, ela esboçou um sorriso muito estranho nos cantos da boca.

– Você está molhado – disse ela.

Heller olhou para suas roupas, viu que ainda estavam encharcadas de chuva. Ele mexeu os pés, ouviu os ruídos de água dentro dos sapatos.

– Desculpe – disse ele – estava chovendo antes e...

Magaly tirou a toalha.

Heller gelou.

Ela lhe ofereceu a toalha.

Os olhos dele percorreram os seios, depois embaixo, esforçando-se para que sua expressão fosse apenas juvenil. O estômago dele embrulhou, uma dor de excitação, uma onda de sensualidade tímida que foi se tornando óbvia tanto para ele, quanto para Magaly.

Ela não parecia importar-se.

– Como foi que isso aconteceu? – ela perguntou, sorridente. – A morte, dele, quero dizer.

Heller apanhou a toalha, mas não fez nada com ela.

Magaly caminhou até a outra sala, e o estado hipnótico de Heller dissolveu-se, momentaneamente.

– Ninguém sabe – ele disse atrás dela, ajustando as calças.

– Até agora, pelo menos... faleceu enquanto dormia.

Magaly voltou ao cômodo, vestindo um roupão branco, transparente. Uma tentativa equivocada de ser pudica, o corpo ainda continuava totalmente visível sob o tecido. Ela passou por Heller, e os olhos dele, a cabeça do garoto a seguiu quando ela entrou na cozinha, saindo de seu campo de visão.

– Ele morreu dormindo? – a voz dela flutuava pelo apartamento.

– Madame DuBois – começou Heller, nervoso, tentando recompor-se. O garoto caminhou até a porta da cozinha, enquanto dizia –, eu sei que a senhora não queria ter recebido essa notícia, dessa maneira. Acredite... eu entrego muitas mensagens... é meu trabalho. Mas eu tenho experiência – ele hesitou – suficiente. – Apesar da minha idade... para saber que é possível continuar e que sempre haverá um amanhã.

Heller tinha chegado na entrada da cozinha, ele colocou a cabeça para dentro e foi cumprimentado por um ruído ensurdecedor:

POP!

Uma rolha vinda de uma garrafa de champagne ricocheteou pela parede e passou raspando por sua cabeça.

Ele saltou e virou-se.

Em seguida, Magaly caminhou até onde estava o balde de gelo, apanhou a garrafa de champagne e dois copos. A garrafa soltava uma espuma que derramava pelo gargalo e caía no chão.

Magaly estava definitivamente rindo.

– Você pode me chamar de Magaly – ela disse.

– Eu prefiro chamá-la de Madame DuBois – disse Heller, nem um pouco convincente.

– Segundo sua experiência, é melhor manter o contato formal?

– É...

– Então, quanta experiência você tem, de verdade?

Heller não sabia como responder a pergunta, e Magaly continuou:

– Eu gostaria muito que você fosse o primeiro a celebrar comigo.

Magaly passou por Heller – desta vez roçou nele, o seio direito contra o braço do garoto – e foi para a sala de estar. Ela se sentou, cruzou as pernas.

Heller ficou na porta, as veias cheias de sangue, pensando em nada além de uma faixa vermelha que lhe tampava a vista.

– Quando eu vi você parado na minha porta, tive uma sensação estranha... – Magaly lhe disse: – Não sei como explicar. Uma empolgação, eu acho. Uma sensação de conforto, de familiaridade.

– *Déjà vu?* – sugeriu Heller.

– Não, não foi um *déjà vu.*

– Como é que você sabe?

– Porque – ela encheu os copos de champagne, ergueu a cabeça – não existe explicação para um *déjà vu...* Mas eu sabia que você era a pessoa certa. Que o mensageiro tinha chegado com a notícia... finalmente.

Magaly estendeu um copo a Heller. Ele adiantou-se, lentamente, aceitou a bebida, fez um brinde, bebeu com ela. Cautelosamente, como se suspeitasse que ela tivesse colocado arsênico em seu copo.

A bebida irritou sua garganta e ele fez uma careta.

– Finalmente?

Magaly tirou a toalha da cabeça. O cabelo loiro platinado caiu sobre os ombros, os fios molhados entrelaçados. Ela começou a secar o cabelo, do mesmo jeito informal com que falava.

– Eu odiava meu marido... Casei com ele porque pensei que o amava, ou que ele me amasse, ou por uma fantasia infantil. Eu era jovem, percebi muito cedo que tinha cometido um erro, mas ele não me dava o divórcio, nem minha liberdade... – ela apanhou a taça, deu um gole, fitou fundo nos olhos de Heller. – Ele não me dava nada...

Heller sabia que isso não podia estar acontecendo, sentiu-se como se a realidade lhe escapasse a cada minuto que passava na presença de Magaly. O roupão transparente, as pernas cruzadas, a pose confiante diante da notícia da morte do marido, e como ele poderia confortá-la?

– Olhe só para você... – disse Magaly, brincalhona, levantando-se, o roupão semi-aberto. – Venha comigo.

Ela conduziu Heller até o quarto. Ao menos, era o que parecia. Lençóis brancos cobriam tudo, bem como na sala de estar, e ele percebeu pela primeira vez que não havia nenhuma decoração: nada na sala de estar, nada no quarto, em lugar nenhum.

O colchão sobre o chão, lâmpada azul; sem lençóis, a única coisa descoberta e vulnerável à luz da tarde.

Magaly encarou Heller, estava sufocante para os dois.

O apartamento o sufocava e Heller sentia-se totalmente sem ar.

– Levante os braços – disse Magaly.

197

Heller sentiu-se pequeno e envergonhado, sem saber de onde vinham seus sentimentos.

– Levante... – insistiu Magaly.

Heller levantou os braços.

Magaly arrancou sua camiseta. Ela custou a sair, ficou presa pela cabeça. Ela a puxou, deu um jeito de tirá-la de cima do corpo dele. Magaly olhou para o cabelo de Heller, todo bagunçado.

– Você ficaria bonito com um topete de moicano – ela disse, dando uma risadinha.

Heller abaixou os braços.

Magaly procurou a maçaneta e pegou uma camisa branca que estava pendurada nela. Jogou a camisa sobre Heller num meio abraço, enfiou os braços dele, ajustando-a no corpo do garoto. Começando pelo pescoço, ela começou a abotoá-la: primeiro botão, segundo, terceiro, até fechá-la inteiramente.

Os olhos dela se cravaram nos dele e Heller sentiu-se como um animal encurralado.

– Eu odiava o meu marido – disse Magaly.

Ela debruçou-se, plantou um beijo nos lábios dele.

O contato gerou uma onda de eletricidade no corpo de Heller e ele sentiu como se fosse ter um colapso, os joelhos incapazes de sustentar os acontecimentos daquele dia, uma necessidade urgente, preenchendo-o completamente.

Magaly o observou tão de perto que os olhos dela se juntaram num só.

– A morte é uma coisa maravilhosa – sussurrou ela. – E você é um mensageiro maravilhoso...

Ela colocou a mão na nuca de Heller, aproximando-o de si. Apertou os lábios contra os dele e Heller perdeu-se nela, o corte no lábio inferior gritando de dor, pedindo mais, a língua dela na boca dele, enquanto Heller pensava:
Ela espera essa notícia há catorze mil anos...
Os olhos dele se abriram de repente.

Ele a empurrou para longe, com mais força do que pretendia e Magaly caiu sentada no colchão. O roupão ficou aberto, mostrando o corpo, e Heller voltou ao normal, ao presente.

Levantou-se e saiu correndo pela porta.

Magaly foi abandonada no quarto, e o recibo ficou sem assinatura.

CAPÍTULO 35

Heller encostou-se num poste do lado de fora do apartamento de Magaly e vomitou.

Tossiu, sentiu ânsia de vômito, cuspiu.

Dobrou o corpo, tremendo. Os músculos contraíam-se, espasmos percorriam seu corpo.

Heller olhou para a mão e viu a flor, ele ainda a guardava.

Fechou os olhos, jogou a flor no bueiro.

– Heller!

Heller ergueu a cabeça, levemente. Viu Benjamin Ibo aproximando-se, o corpo parecia inclinado, da perspectiva desequilibrada de Heller.

Ele limpou a boca, tentou aprumar-se.

– Heller – Benjamin o abraçou e foi dizendo com uma voz calorosa. – O que aconteceu, cara? Você está bem?

– Benjamin? – Heller grunhiu, tossiu, cuspiu. – Eu acho que você entregou seu talismã para a pessoa errada.

– O que foi que houve?

Heller percebeu a preocupação nos olhos dele e pensou que fosse chorar sob os céus e os olhares curiosos dos moradores de Village.

Mas, no lugar disso, ele contou a Benjamin tudo o que lhe acontecera naquele dia.

Alguns minutos depois, lá estavam os dois numa cabine telefônica.

Benjamin discava um número de sua caderneta, Heller, parado ao lado, apoiava-se na bicicleta.

– Eu tenho um amigo que trabalha como defensor dos Direitos dos Imigrantes – Benjamin foi dizendo. – Ele me contou coisas como esta. É comum que os policiais deixem suas vítimas nos hospitais no lugar de levá-las para a delegacia para registrar uma ocorrência. Se seu amigo estiver no país ilegalmente, então deveríamos procurar em clínicas antes de ir a polícia registrar uma queixa...

Benjamim levantou a mão, indicando uma voz do outro lado da linha.

– Sim, alô? Eu gostaria de saber se a senhora tem o registro recente de um certo senhor...

– Salim Adasi... – Heller lhe disse.

– Salim Adasi? – disse Benjamin. – Sim, posso aguardar.

E então eles esperaram. A música clássica tocava bem alta, no telefone, tão alta que Heller podia acompanhar cada nota.

– Benjamin? – Heller ficou espantado com o som da própria voz. Ele tentou torná-la mais profunda, forte. – Quem é o Exu?

– O que é isso, cara?

– Da última vez em que nos falamos você me chamou de Exu... Quem é Exu?

Benjamin levantou a mão novamente, falando no telefone.
– Sim, oi...? Sim... Ele está bem?... Certo, obrigada. Até logo – ele desligou. – Salim está no hospital Saint John... Eles o levaram para lá há uma hora. – Benjamin sorriu levemente. – Viu, conseguimos encontrá-lo na primeira tentativa. O talismã serviu para alguma coisa.

– Ele está bem? – Heller indagou temeroso com a resposta.

– Ele está respirando... já é um começo... – Benjamin suspirou, ajeitou-se. – Que minhas preces estejam com você, Exu.

– Eu ainda não sei quem é Exu – Heller disse com voz fraca.

– Para o meu povo, ele é o protetor das encruzilhadas – disse Benjamin, tomado por uma seriedade súbita que superava tudo o que Heller percebera nele anteriormente. – E o que é mais importante, ele é nosso mensageiro entre o céu e a terra. Sua tarefa é colocar as coisas em movimento, fazer com que o mundo se mova com seus truques. Mas, acima de tudo, ele é o melhor amigo do Destino.

O peso dessas palavras quase atirou Heller no chão.

– ... E Exu sempre precisa ter cuidado com sua própria esperteza – acrescentou Benjamin.

– Obrigado por encontrar o Salim.

Benjamin enfiou a mão no bolso da camisa, tirou um cartão de dentro dele.

– Eu acho que não ficaremos só nisso... Pegue meu número de telefone.

Heller apanhou o cartão.

– Logo quero ter notícias suas... – concluiu Benjamin, mas antes de acrescentar, às palavras finais, o comando numa voz suave que Heller achou muito familiar:

– Ande.

CAPÍTULO 36

O cheiro de desinfetante não estava fazendo bem a Heller. Caminhando diante das paredes brancas dos corredores, um gosto constante de bile na boca, ele nem sequer teve tempo de apreciar a ironia.

A enfermeira caminhava ao lado dele, com pouco tempo para apreciar coisa alguma.

– ... e múltiplas fraturas do crânio – ela terminou, a última de uma longa lista de ferimentos que afligiam Salim. – Nós ainda não conseguimos avaliar as lesões nos órgãos internos.

– Mas ele vai ficar bom? – perguntou Heller.

– Você precisa perguntar para o médico – ela disse, folheando as páginas presas numa prancheta de formulários. – Você realmente presenciou a briga?

– Briga?

– A briga no bar... ele disse aqui que se meteu numa espécie de confusão...

Heller considerou suas opções, tentando escolher a melhor resposta.

– Posso ver isso, por favor?

A enfermeira entregou-lhe os formulários, página por página.

Fez sinal para que Heller a acompanhasse.

A maioria dos pacientes estava desacompanhada.

Era uma sala grande, cavernosa, camas idênticas alinhadas contra as paredes, cada leito dando testemunho de diferentes estados de sofrimento, doença e angústia. Em torno deles, movimentavam-se enfermeiras, médicos e um seleto grupo de visitantes.

Heller olhava as camas enquanto passava, tentando fazer o máximo para acompanhar a enfermeira.

Olhos fechados e outros abertos. Todos implorando, com urgência, em sonhos, ou despertos.

Ambos chegaram até o leito de Salim.

Heller sentiu o estômago revirar.

O rosto de Salim estava quase coberto de bandagens, gaze enrolada nos punhos, o colar ortopédico mantendo-o numa posição indigna, quase insultante.

O oficial McCullough estava de pé, ao lado, uniformizado, o quepe na mão.

– Ciclista – ele disse e Heller precisou conter-se para não lhe dar um soco antes de ver os olhos de Salim movendo-se sob as pálpebras inchadas.

– Você está bem – Salim suspirou, a voz fraca e ferida.

– Eu lhe falei que ele estava bem – o oficial McCullough disse. Ele colocou a mão no ombro de Heller. – Ele pensou que alguma coisa tinha acontecido com você.

Heller soltou-se da mão de McCullough violentamente, ajoelhando-se ao lado de Salim.

– Desculpe – disse Heller, falando rápido, preocupado com a possibilidade que Salim morresse a qualquer momento. – Desculpe por aquilo que eu disse, eu sinto muito.

– Nunca se desculpe... – a voz de Salim estava arrastada, as palavras pareciam coladas, no lugar de formarem frases reais. – Nunca se desculpe... Isso é boa notícia. Isso é ótima notícia.

Heller fechou os punhos, levantou-se e encarou o oficial.

– Que história é essa de briga de bar?

O oficial olhou ao seu redor, certificando-se de que não havia médicos por perto. – Salim disse para todo mundo que ficou nesse estado por causa de uma briga de bar – ele disse baixinho. – Ele está se recusando a dar queixa...

– *Ele* está se recusando a dar queixa? – perguntou Heller, enraivecido. – *Ele* disse que teve uma briga de bar? Ou foi você? É isso que você está dizendo a eles para que Salim *não* dê queixa?

– Olhe...

– Olhe, não acho difícil perceber o que aconteceu, acho que você *sabe* o que aconteceu. Acho que você *não tem* o direito de falar em nome do Salim. Eu nem sei direito por que você está aqui. Foi o Bruno que mandou você aqui como garantia?

– Mas você tem uma boca grande – o oficial disse irado –, não é, ciclista?

– E você tem uma insígnia grande, *Policial* – retrucou Heller. – Você quer que eu fique ouvindo sua historinha enquanto o meu amigo pode morrer por *sua* causa?

— Espere aí! – o oficial sussurrou com raiva. – Você não pode tirar conclusões como esta.
— Como o quê?
— Sou um representante da lei. Sou policial desde os vinte e cinco anos. Meu pai era policial e eu não acho que uso a insígnia à toa ou abuso de minha autoridade feito o imbecil do Bruno. Eu sei o que acontece, eu sei o que aconteceu com Salim, e eu sei *que não* faço essas coisas. Vejo os jovens recrutas... eles terminam o treinamento inteiro em menos tempo que eu acabo de preencher uma ocorrência e se eles escolhem esse trabalho para ter poder ou para praticar o bem, é uma loteria. Eu gosto do que faço, é o meu trabalho, e os policiais como o Bruno me dão *náusea*, mas eu já estou há muito tempo no serviço para tentar lutar contra essas coisas..

McCullough respirou fundo, recompondo-se...

— Eu tenho consciência dos erros cometidos e faço o possível para contorná-los. Não pense, nem por um momento, que não sei que, do ponto de vista legal, Salim não poderia estar no país nesse momento. Meus avós imigraram da Irlanda e eu nunca esqueci tudo o que eles enfrentaram. Estou aqui para servir e proteger qualquer pessoa, independente de um documento qualquer, e a decisão de não dar queixa veio do próprio *Salim*. Ele está dizendo para todos que se envolveu numa briga de bar porque ele não acredita na justiça dos homens; ele perdeu a fé há muito tempo. Então, não pense que eu não sei o que é certo e que não posso defendê-lo.

— E o senhor não vai denunciar o Bruno? – perguntou Heller.

— Eu não consigo modificar nada pelo lado interno. Ninguém consegue, o problema é imenso... E eu estou velho, ciclista. Estou cansado. Eu fiz o melhor que pude e não sinto orgulho quando vejo coisas assim, mas acredito no que *eu* faço... E tudo que me resta a fazer, nessa altura, é esperar que outros façam como eu... Mas não venha me culpar... Eu sou um policial. É o meu trabalho. E Salim é meu amigo.

Heller perdeu o ar, os ombros despencaram.

McCullough colocou o braço em seu ombro.

— Eu também quero que as coisas mudem.

— Será que podemos fazer alguma coisa? — perguntou Heller, os olhos pregados no chão, branco, imparcial.

O policial fez um gesto na direção de Salim.

Heller sentiu um soluço subindo no peito. Concordou com a cabeça.

McCullough colocou o quepe e saiu caminhando da sala.

CAPÍTULO 37

Salim se agitava durante o sono.
Heller ficava desejando que ele conseguisse dormir, estava há cinco horas ao lado do leito de Salim e já entrava na sexta hora. Quase todos os pacientes da enfermaria estavam adormecidos, a atividade do dia fora esquecida. Exceto por um gemido ocasional, o silêncio reinava na enfermaria, do chão ao teto.
Uma enfermeira caminhou até Heller, mascando chiclete:
– Desculpe, mas o horário de visitas terminou.
– Eu não sou visita – Heller lhe disse, ouvindo as próprias palavras à distância, longe do conflito. – Sou acompanhante.
A enfermeira percebeu que não conseguiria afastá-lo dali; ninguém seria capaz disso.
Ela continuou com sua ronda e deixou Heller e Salim em paz.

3h da manhã.
Heller caminhou lenta e cautelosamente entre as fileiras de leitos. Observava cada rosto, cada paciente adormecido. Membros fraturados, joelhos quebrados, vidas estilhaçadas, o

isolamento da doença. Os moribundos, os escondidos. Tentando compreender a dor da qual ele fora representante por tanto tempo. O outro lado de suas mensagens. A fonte de seu salário, as vidas arruinadas que financiavam a televisão a cabo que Dimitri tinha instalado no escritório.

Ele estava submerso em pensamentos, o luar acobertando seus movimentos.

Corpos por toda a parte.

Heller parou diante de um senhor de idade preso num aparelho para respirar. O rosto cansado com a velhice, rugas marcando a pele como se fossem avenidas com suas ruas paralelas.

O hospital fornecia os pijamas.

Em sua mão havia um cartão verde-claro, a cor ambígua.

4 x 8.

Heller parou em frente a ele, observando sua respiração, contando os minutos...

O olhar fixo.

Lentamente, ele esticou a mão, alcançou o cartão na mão do velho.

O senhor despertou, movimentando apenas os olhos que se abriram e viu Heller parado de pé, ao lado dele. Apertou o cartão com a mão, quase amassando o papel quando o trouxe para perto do corpo, os olhos acesos, desafiadores.

Heller retirou a mão do cartão.

Ambos trocaram olhares.

O tempo passou.

Um gemido alto vindo de outro leito quebrou a conexão.

Heller afastou-se.

Voltou para o lado de Salim, sentando-se perto dele.
– Heller... – Salim estava acordado. Os olhos cheios de calor, ele fez um gesto pedindo para que Heller se aproximasse. – Eu me sinto uma merda.

Salim sorriu, engasgou, tossiu de leve. Heller sorriu, ou pelo menos tentou.

– Você vai melhorar – disse Heller tentando confortá-lo.

– Nós vamos tirar você daqui.

– Eu sou bom nesse negócio de sair dos lugares... – disse Salim, o pescoço tenso pelo esforço para falar. – Eu sou bom de fuga...

– Eu não quis dizer que você ia fugir – disse Heller. – Quero dizer...

– Eu fugi da prisão... – disse Salim, os olhos largos com uma expressão de espanto. – Você não sabe como são esses lugares, mas eu consegui... E escapei da terra da Nizima antes que eles me prendessem de novo... Sempre correndo... Ninguém consegue me pegar.

Ele concordou com a cabeça, adormeceu por alguns segundos, depois despertou, continuando a falar.

– Minha mãe era de Tróia... Primeiro, escapei da cidade em chamas... Atravessei o mar. Meu pai me disse para construir outra cidade.... A rainha de Cartago tentou deter-me, todos queriam me deter, mas os deuses disseram... Não. Você estava esperando por mim...

Os olhos de Salim pediram algo que estava além do alcance de Heller.

– Você entende?

211

Heller sentiu a garganta fechar:
– Estou tentando.
– Agora, a cidade está em chamas outra vez. A cidade sempre está em chamas... – Salim trouxe Heller mais para perto. – Se eu não conseguir escapar... Se eu não conseguir escapar da cidade em chamas dessa vez... Será a sua vez... Dessa vez, você precisa ficar. Um de nós precisa ficar.

Salim segurou as mãos de Heller.
– Você está me entendendo?
– Sim – disse Heller, subitamente cansado, deitando a cabeça ao lado de Salim.

E foi surpreendentemente fácil adormecer naquela noite.

CAPÍTULO 38

Heller sonhava com uma cidade que lentamente afundava no mar, quando a voz suave da enfermeira misturou-se ao barulho do oceano.

– Você tem uma visita... Ei. Você nessa.

Uma mão virou o ombro dele e com um movimento forte a cidade que desaparecia foi substituída por paredes brancas, o sol do amanhecer. Heller foi levantado, girado, até ficar cara a cara com Dimitri Platonov.

Um Dimitri Platonov irado, que lhe deu um abraço apertado.

Aparentemente a vodca tinha cheiro, assim como gosto.

Dimitri se afastou, agarrou Heller pelos ombros.

– Seu danadinho! Telefonei para várias delegacias procurando por você e o oficial McCullough me disse que você está nesse hospital maldito!

Heller ainda estava se ajustando à situação, uma parte da cabeça ainda no sonho.

– Dimitri, onde foi que você...?

– Eu achei que finalmente você tinha se arrebentado com a bicicleta. Seu pai ia me matar! E você ia deixar que ele fizesse isso comigo!

– Senhor! – a enfermeira ficou ao lado, insegura. – O senhor precisa falar num tom mais baixo!

– Estou bem, Dimitri – garantiu Heller, a voz rouca. – E eu sei que você deve favores ao meu pai, então, digo de novo, estou ótimo!

– Eu sei que você está bem – Dimitri sussurrou irritado. – Agora eu estou vendo, não sou cego. Mas pode ser que da próxima vez você não esteja ótimo. Eu já disse a você para largar daquela bicicleta. Se nós não estivéssemos com uma equipe tão pequena, eu ia suspender você até que comprasse um par de patins... Mas não dá.

Dimitri se recompôs, fez um gesto na direção de Salim.

– Este é o seu amigo?

Suavemente:

– Sim.

– Posso contar com você, hoje?

Heller olhou para a enfermeira.

– Você não tem muito o que fazer por aqui – disse ela.

Um longo silêncio.

Heller levantou os olhos, encarou Dimitri.

– O que você tem aí para mim?

Dimitri levantou um cartão verde-claro.

4x8.

– Elsa Martinez – começou Dimitri. – O marido dela morreu de ataque cardíaco. Ele era jovem e a morte foi súbita, então eu não acho que ela estará esperando pela notícia. Tome conta disso e volte correndo logo depois para que eu possa dar um jeito no resto das mensagens lá na agência... E onde foi parar a camiseta de trabalho?

Heller olhou para baixo, percebeu que ainda estava vestindo a camisa que Magaly lhe dera. Olhou para Dimitri.

– Pensando bem – Dimitri disse –, eu não quero nem saber. Vá e resolva essa história da Elsa Martinez... Pode dar flores de presente. Pode dar flores bem bonitas, por minha conta.

Ele entregou a Heller algum dinheiro, notas dobradas e verdes.

Heller apanhou o dinheiro sem dizer nada.

CAPÍTULO 39

O dia estava lindo. Havia um perfeito equilíbrio de sol, brisa fresca vinda das águas refrescando o ar, até mesmo as árvores pareciam sorrir, inclinando-se em aprovação quando Heller soltou a corrente da bicicleta presa numa delas.

Descabelado, roupas precisando de uma boa lavada.

Heller segurava o buquê de flores numa mão, a mensagem na outra.

Olhou para o prédio do lado leste da cidade.

As escadas eram estreitas.

As portas estavam numeradas ao acaso, saltando do número 3 ao 15, do 9 ao 11.

Heller andava para lá e para cá, tentando organizar tudo, até finalmente encontrar o número 16.

– Elsa Martinez – ele murmurou, conferindo o cartão. – Apartamento 16.

Era esse.

Heller aprontou as flores, assumiu uma pose profissional, bateu na porta.

Passos, e o ruído da chave destravando a porta.

A porta se abriu.

Silvia estava ali.

Camisa cinza e shorts, não era sua roupa de trabalho...

Mas então ela não estava trabalhando...

Ela estava ali...

A surpresa de Heller espelhou-se na dela.

Silvia inclinou a cabeça, tentando entender.

Heller entendia perfeitamente – tudo fazia sentido de modo tão óbvio que ele manteve a boca fechada, os dentes cerrados.

Alguém tinha morrido e Silvia nem sequer desconfiava.

... Era uma terça-feira...

Silvia viu as flores, sorriu.

– Flores... – ela observou. – Melhor que bolo. E muito melhor que bicicleta.

Heller deu um sorriso espantado.

– Então, você saiu por aí perguntando coisas ao meu respeito? – perguntou Silvia, acusando-o de brincadeira. – Alguém lhe disse que adoro flores? Mais do que qualquer outra coisa. Foi isso que lhe disseram?

Heller continuou a sorrir, o rosto foi ficando dolorido.

– Ei – disse Silvia –, eu *pensei* que te conhecia! Foi você que me ajudou com os selos outro dia, no correio... É isso! Adivinhe o quê?

A voz dele era tímida:

– O quê?

– Ontem, recebi uma carta. Alguém que conhece o meu pai disse que ele está vindo para cá! Vou ver meu pai outra vez!

217

Heller despertou do transe, subitamente voltando ao lado errado da realidade.

Ele não podia estar lá como mensageiro.

Não havia mensagem nenhuma.

Não havia nada errado com o mundo além de um cartão verde-claro na mão dele.

Ele enfiou o cartão no bolso de trás, entregou as flores e disse:

— Parabéns.

Silvia apanhou as flores

— Obrigada.

— É seu dia de folga...

— É.

— Você está sozinha? Sua mãe... saiu?

— Não.

— Você quer sair um pouco? — Heller disse rapidamente. — Comigo? Para celebrar? Nós dois?

Silvia pareceu ficar espantada.

— Quero — ela disse, surpresa com a própria resposta.

Silvia fechou a porta na cara de Heller.

Ele aguardou, apostando na sorte.

A porta se abriu novamente, Silvia estava parada ali, com uma expressão estranha no rosto, sem saber direito por que estava fazendo o que estava fazendo. Ela deu uma risada leve, breve, e mostrou o molho de chaves.

— Tive que pegar minha chave.

— Tudo bem.

Eles caminharam sob o sol, na calçada. Lado a lado, passaram pela bicicleta de Heller. Ele a viu no caminho. Olhou para a bicicleta de novo, pela segunda vez. Heller e Silvia continuaram a caminhar, voltando aos seus estados de defesa, a conversa tomando o rumo de uma luta de boxe: um rodeava o outro, movimentos cautelosos, golpes para testar o adversário.

– Você gosta de comer? – perguntou Silvia.

– Acho que sim... – disse Heller, corrigindo-se. – Quer dizer, eu sei que gosto de comer, sim.

– Almoço, quis dizer almoçar. Gostaria de almoçar?

– Sim... – Heller olhou de volta para a bicicleta. – Talvez a gente possa comer alguma coisa, um almoço rápido.

– Esqueci de tomar café da manhã.

Heller fez que sim com a cabeça, não encompridou a conversa. Olhou para a bicicleta pela última vez, presa na árvore, um jeito triste passando pelo farol da frente.

– Ei – disse Silvia.

– O quê?

– Vamos por aqui – ela disse, apontando com a cabeça.

Eles viraram à esquerda, finalmente dobraram a esquina e foram para uma área desconhecida.

CAPÍTULO 40

Era um dia estranho.
 Havia algo de diferente no ar. Era como caminhar pelas ruas e reparar que todos estavam vestindo azul; raros momentos em que a chuva cai sem a ajuda de uma única nuvem; algo que fica na ponta da língua e que faz caretas imperceptíveis para a rotina de sempre. Era algo assim, algo que Heller conseguia sentir, sabendo que Silva sentia a mesma coisa que ele.
 Eles estavam sentados na rua MacDougal, fora do Yagatan – um boteco que servia comida árabe. Sem saber o que fazer, Heller a levara para lá, pensando em Salim, esperando que isso o ajudasse a quebrar o gelo. Ele comprou falafel para ambos. A única conversa que tiveram depois de sair do apartamento fora Heller alertando Silvia para que não pusesse muita pimenta em seu bolinho, conselho que ela ignorou, enchendo seu falafel de pimenta vermelha.
 E agora os dois estavam sentados no meio-fio, de frente para o Creole Nights, o bar para onde Salim levara Heller três dias antes. As luzes estavam apagadas, o bar descansava durante o dia.

Ambos comeram em silêncio, cada um tentando mastigar com mais suavidade do que o outro.

Silvia estava tímida, mas parecia imbuída de uma certa confiança na vida que Heller tentava captar silenciosamente. Eles quase tinham terminado de comer quando Silvia finalmente falou.

– Como se chama esse bolinho?
– Falafel.
– Eu nunca tinha comido. É gostoso – ela tomou um gole d'água. – É apimentado.
– Você não devia ter colocado tanta pimenta vermelha.
– Ah, eu gosto de pimenta. Eu gosto de pimenta, facilita a vida.

Heller sentiu-se como se tivesse perdido uma competição. Voltou a ficar calado, esperando que assim ele acertasse mais. Deu uma mordida no falafel e um pouco de molho branco caiu em sua mão. Ainda mastigando, ele tentou limpá-lo antes que Silvia pudesse reparar.

– Você vai ao cinema de vez em quando? – perguntou Silvia.
– Eu não gosto de cinema – disse Heller, de boca cheia. Ele engoliu. – Quer dizer, gosto de alguns filmes, mas nada que me faça pagar um ingresso de dez dólares.
– Eu sei. Eu queria que os ingressos não fossem tão caros, assim eu poderia ir ao cinema.

Desejando saber mais sobre cinema, Heller decidiu tentar manter as aparências.

– Você gosta de ouvir música?

– Eu não sei se você já ouviu falar da música que eu ouço... – ela lambeu um pouco do molho branco que tinha caído em sua mão. – Você já ouviu falar de Inti-Illimani?

– Claro – respondeu Heller, intrigado.

– Eu não acredito! – Silvia parecia aliviada por ter encontrado algo em comum. – Eu adoro eles!

– Eles?

– A música deles.

Heller percebeu que havia algo de errado.

– Inti-Illimani é um vulcão na Bolívia.

– ... Eu estava falando de uma banda chilena.

– Ah... Acho que nunca ouvi falar deles... Quase nunca ouço música... Eu conhecia o vulcão.

Silvia fez cara de quem ia perguntar se ele estava brincando.

Heller olhou para a rua, procurando um assunto que a distraísse.

Seus olhos, semicerrados, viram um rosto familiar subindo as escadas do Creole Nights.

– Lucky! – gritou Heller.

Lucky olhou ao seu redor, virando-se levemente, avistou Heller, atravessou a rua, quase sendo atropelado por um carro em alta velocidade. Ele se aproximou deles, de barba por fazer, os olhos semicerrados para filtrar a luz do sol. Um cigarro pendurado nos lábios. O bafo de uísque espalhou-se no ar juntamente com a fumaça.

– Ei cara – disse ele. – Você devia ter passado pra ver a gente, sentimos a sua falta.

— Eu não sabia que vocês estavam abertos... — disse Heller, aliviado por estar conversando com alguém bêbado demais para perceber se ele estava falando besteira.

— Na verdade, nós estamos acabando de fechar... Às vezes o Zephyr deixa o bar aberto a madrugada toda. Bem, quase toda noite. Quem é a sua amiga?

— Silvia — respondeu Heller. — Silvia, esse é o Lucky.

— Oi, Silvia.

— Olá, Lucky.

— Lucky também é chileno... — disse Heller na esperança de impressionar Silvia.

— Eu não sou chileno — murmurou Lucy. — Hoje sou um comissário de bordo francês.

Heller e Silvia ficaram mudos.

— Você parece cansado — sugeriu Heller. — Talvez você precise dormir um pouco.

— Sono é coisa de babaca — anunciou Lucky. — Agora é o happy hour... Depois talvez eu durma... e sonhe com a mulher que procuro para deitar-se ao meu lado todas as noites.

Ele acenou com um gesto metade cumprimento, metade despedida e foi embora.

Silvia o observou enquanto se afastava, desencantada. Um ar de tristeza espalhou-se por suas feições.

— Esse Lucky tem uma boca suja — disse ela, desaprovando-o.

Heller preparou-se para dar uma explicação, certo de que ela lhe perguntaria como tinha conhecido um... perdedor daqueles.

No lugar disso, ela voltou ao assunto anterior.

— Então, você não gosta de cinema, não ouve música... O que é que você faz?

— Eu trabalho na Agência de Mensagens Personalizadas.

— Naquela agência?

— Você já ouviu falar?

— Você conhece o Rich Phillips?

Heller custou a engolir um pedaço de bolinho porque sua boca ficou repentinamente seca e pesada. Depois de engolir com dificuldade, fingiu indiferença.

— Você não gosta dele, não é mesmo? — perguntou Silvia.

Quando Heller não respondeu, ela continuou.

— Bem, eu não acho que muita gente goste dele... Ele é assim, eu acho. Ele tem um jeito que é difícil de entender... Mas eu acho que ele é legal. — Silvia reparou no esforço intenso e estóico que Heller fazia... — Meu único problema com relação a ele é que ele não me atrai.

Ela virou os olhos rapidamente para ver a reação de Heller. E ele fez o mesmo — mas não a tempo de apanhar Silvia no flagrante. A cena se repetiu algumas vezes...

Heller permitiu que um leve sorriso se espalhasse em seu rosto quando deu outra mordida no bolinho.

CAPÍTULO 41

Heller e Silvia passearam pelo Central Park atravessando trechos de sombra e sol. Silvia observava tudo com interesse, os olhos atentos e cuidadosos. Heller olhava para ela sempre que podia, ainda surpreso pelo fato de estar caminhando com Silvia pelo parque, surpreso também quando uma brisa vinda da represa deu um jeito de espalhar pequenas pétalas de flores no caminho deles.

Silvia estava com um pouquinho de molho nos lábios. Heller ainda não tinha pensado em um jeito delicado de dizer-lhe isso.

– Eu pensei que vocês, mensageiros, andassem de patins, ciclista.

– Estou economizando meu dinheiro – disse Heller, mudando de assunto.

– Para quê?

– Bem... – Heller viu um bando de patos que o fitavam num lago ali perto. Eles o deixaram nervoso e ele tentou caminhar em outra direção. – É complicado.

– Tenho certeza de que não é tão complicado quanto você pensa...

— Mas é estranho...

— Você pode me contar...— ela parou de caminhar, olhou para ele através de alguns fios de cabelo. — Você me deu flores, lembra?

Heller olhou para Silvia, reparou que ela tinha cílios longos. O rosto dela se iluminou diante dele e ele sabia que se não começasse a falar, seria forçado a fazer outra coisa, e como era melhor não arriscar muito, Heller lhe contou tudo.

— Em 1904, um jovem chamado Henri Cornet venceu o Campeonato Francês de Ciclismo. Agora, a maior parte dos que competem no campeonato são adultos. O mais velho de todos os vencedores foi Firmin Lambot, com trinta e seis anos, em 1922. Eu disse que Henri Cornet era moço porque ele foi o mais jovem ciclista a vencer a corrida...

Silvia olhou para Heller cujo corpo parecia crescer à medida que ele lhe contava essa história, as palavras se tornando cada vez mais firmes, espontâneas e diretas.

— O Campeonato Francês, em 1904, era um esporte bem sujo. Dois mil e quinhentos quilômetros em noventa dias, sem chance de dormir. Os espectadores jogavam pregos velhos nas rodas dos competidores dos quais não gostavam, um atleta atirava o outro para fora da estrada, e os padrões mínimos de organização permitiam que os ciclistas fugissem da corrida, tomassem um ônibus ou trem... Henri Cornet teve que enfrentar tudo isso e *venceu* em 1904. Agora, me pergunte qual é a parte mais interessante...

— Qual é a melhor parte? — Silvia perguntou, fascinada.

A CIDADE EM CHAMAS

— Em 1904, ninguém se importava com o fato de Henri Cornet ser o mais jovem vencedor do campeonato, porque a primeira corrida aconteceu em 1903. O fato de ele ser o mais jovem a vencê-la não significava nada. Era tipo como se o Bill Clinton quebrasse um recorde mundial por ter sido o presidente número 42. Não, o melhor da história foi que Henri Cornet continua sendo o campeão mais jovem de ciclismo na França... Heller fez uma pausa, quase tão espantado com seus conhecimentos sobre o esporte quanto Silvia.

— O século vai virar e ninguém quebrou seu recorde – ele continuou. – Vou quebrá-lo e me tornar o ciclista mais jovem a vencer o campeonato francês. E depois, vou vencer por seis anos em seguida, quebrando o recorde de cinco anos invicto de Miguel Indurain, e se o Armstrong quebrar o recorde antes que eu tenha chance de fazer isso, vou ter que vencer o campeonato sete vezes em seguida. Vou competir em mais campeonatos do que Joop Zoetemelk, pode apostar que vou ultrapassar o tempo de Greg Lemond em pelo menos dois quilômetros por hora, e quando todo mundo pensar que já dei tudo o que tinha, vou destronar o Firmin Lambot e me tornar o coroa mais velho a vencer o campeonato francês...

... Heller tinha terminado. Sem fôlego, como se tivesse realmente quebrado todos os recordes que mencionara. Sem fôlego porque ele nunca tinha dito uma só palavra de seu sonho para ninguém antes. Ele se sentia mais leve, os ombros soltos, as mãos para fora dos bolsos.

Silvia levantou-se, espantada com o otimismo selvagem das ambições dele. A garota piscou, respirou fundo e perguntou:

– Você depila as pernas?
– O quê?
– Todo ciclista depila a perna... e você?
Heller não respondeu. Quando ele ia dizer algo, a senhora Chiang passou por eles com uma cesta de flores, um xale leve em volta dos ombros.
– Uma mensagem de carinho para você, meu amigo – ela disse cumprimentando-o quando se encontraram no caminho.
Heller acenou de volta, ainda envolvido em suas divagações.
Silvia percebeu a troca de cumprimentos, ergueu as sobrancelhas.
– Quem é ela?
– É a senhora Chiang. Uma vez eu lhe entreguei uma mensagem.
– Posso falar uma coisa?
– Pode.
Ela inclinou a cabeça para o lado, observando-o.
– Acho você meio louco...
Heller ficou tocado com as palavras dela, sentindo um certo carinho na maneira como ela as pronunciou.
– Obrigado... – ele sorriu, levou um dedo à boca. – Você está com um pouco de molho no lábio...
Sem o menor constrangimento, Silvia limpou o resto de molho com as costas da mão.
– Esses bolinhos são feitos do que mesmo? – perguntou ela.
– Grão-de-bico. Eles são feitos com grão-de-bico.

– Ah... bom, então você está com um pouco de grão preso no dente.
Heller pegou um palito.
– Não é nesse dente, não... – Silvia o orientou, imitando o jeito dele. – Não é nesse dente, é naquele outro... isso.
– Tá certo?
– Tá ótimo.
Seguiu-se um longo silêncio. Ambos pareciam a ponto de dizer algo, um esperando que o outro começasse a falar, esperando enquanto os patos do lago passavam nadando, grasnando como se quisessem encorajá-los.
Silvia deu uma risadinha nervosa, afastou o cabelo do rosto.
– Inti-Illimani é um vulcão na Bolívia? – perguntou ela.
– É.
– Como é que você sabe disso?
– Ah, meus pais construíram uma clínica nas montanhas da Bolívia... – Heller coçou a nuca, a voz perdendo um pouco de força. – Meus pais viajam. Eles são tipo uns missionários. Não que sejam religiosos ou coisa assim, eles têm uma missão, você sabe... São gente boa... É só que eu nunca os vejo. Mas, antes eu viajava com eles...
Heller deixou que os olhos fitassem um ponto distante do parque, tentando parecer indiferente.
– Você sente saudades deles? – perguntou Silvia.
– É... – respondeu Heller. – Mas eles praticam o bem. Meu pai ajuda muita gente... é só que eu queria vê-los mais vezes. A África fica bem longe.

— Você já esteve lá?
— Sim, quando eu era menor.
— E como é?
— Não é aqui... eu queria que fosse, assim eles não precisariam viajar tanto.
— Sinto muito.
— Acho que já vi o amanhecer em mais de cinqüenta lugares diferentes, na minha vida — suspirou Heller. — Acho que é por isso que sei fazer o meu trabalho.
Silvia olhou bem para ele.
— Um dia, você deveria me levar para um lugar onde nunca esteve antes...
Heller pensou um pouco...
— Eu nunca estive em Tróia.
— Vamos a Tróia hoje... Será que podemos visitá-la hoje?
— Hmm — Heller olhou para o oeste. — Acho que sim.
Eles continuaram a andar, até mesmo seus passos pareciam mais tranqüilos.

CAPÍTULO 42

Havia pouca gente no museu. Heller e Silvia percorreram as exposições lentamente e o tempo passando sem que eles percebessem. Dirigiram-se à sala de Arte Grega cujo tema era Tróia. O ar-condicionado era silencioso e os passos deles ecoavam.

– Páris desejava levar Helena de volta à Tróia... – Heller explicava imitando o tom apressado de guia de museu. – Mas ele se recusou a lutar.

– Ele era um babaca – esclareceu Silvia.

Heller ficou surpreso ao ouvir esse comentário vindo dela.

– Nossa, que boca! – ele disse.

– Desculpe – ela disse. – Eu não queria ofender você.

– Tudo bem, eu não ligo – Heller lhe garantiu. – É que você não gostou do jeito do Lucky quando a gente conversou com ele antes.

– Eu não gosto de bêbados...

Ela não disse mais nada. O rosto dela endureceu-se, ficando impávido.

– Então, você detesta os bêbados, tudo bem – disse Heller.

– De qualquer modo – Silvia mudou de assunto fazendo um gesto com a mão – isso não tem importância. Páris era um

231

babaca porque não conseguia resolver a confusão que ele mesmo tinha aprontado.

– Ele não assumiu responsabilidade por seus atos.

– Mas os deuses não determinavam tudo, de qualquer jeito?

– Você sabe qual era a única coisa que Zeus temia?

– Me conte.

– O destino – Heller fez um gesto em direção às obras de arte que os cercavam. – Os deuses precisavam enfrentar seu próprio destino, mesmo enquanto controlavam o destino dos homens. E, no final, ficou assim: Tróia foi destruída. Odisseus teve a idéia de fazer um cavalo de madeira e foi essa idéia que derrubou o império. E os deuses tinham toda razão em ter medo, porque as únicas pessoas que sobreviveram foram Enéas, que depois fundou Roma... e Roma substituiu Afrodite por Vênus, Hermes por Mercúrio e Zeus por Júpiter.

Silvia ouvia atentamente.

– Tudo sempre se repete... – disse Heller. – E parece que não dá para evitar de jeito nenhum.

– Para você, tudo é destino?

– Outro dia, alguém me disse que a Sorte é a melhor amiga do Destino.

Silvia olhou para o espaço, pensativa.

– Não sei se estou entendendo direito... – ela disse, desculpando-se.

Heller ergueu os ombros.

– Tem muita coisa que eu não entendo.

Eles sorriram um para o outro.

– Ei, cara...

Heller e Silvia olharam para a porta, atraídos pelo som de uma terceira voz.

Benjamin Ibo estava apoiado na soleira da porta, usando o uniforme de segurança do museu.

– Que mulher linda! – ele disse, de olho em Silvia.

Silvia virou a cabeça, tímida, tentando não sorrir demais.

Benjamin Ibo não disse mais nada. Ele estendeu o braço, levando-os para um quarto separado. Silvia e Heller entraram lentamente, passaram por Benjamin, que apontou para uma caixa de vidro, sugerindo, silenciosamente, que eles dessem uma olhada.

Era um jogo divinatório, Ioruba, esculpido em pedra. Sobre o tabuleiro, havia uma pequena criatura esquisita. Heller e Silvia fixaram os olhos nela, examinando-a cuidadosamente. Subitamente, o museu ficou vazio, sem mais ninguém à vista.

Heller virou-se para olhar Benjamin.

Benjamin apontou com a cabeça em direção à criatura no tabuleiro:

– Exu...

Heller virou-se para olhar Exu, lembrando-se do espelho no seu quarto, no dia anterior.

Tudo aconteceu ontem... essas palavras atravessaram a mente de Heller, como se deixassem rastros, lentamente se tornando mais complicadas, e finalmente se perdendo em sua própria lembrança.

– Como está seu amigo? – Benjamin perguntou.
– O quê?
– O Salim – repetiu Benjamin. – Ele está bem?

Silvia levantou os olhos para Heller, uma pergunta silenciosa pendurada nos olhos dela.

CAPÍTULO 43

Salim tinha voltado a delirar.

Heller estava parado com Silvia, diante do leito. A mão sobre a testa de Salim, que estava quente, viscosa de tanto suor. Silvia brincava com os dedos, nervosa.

– Como você está se sentindo? – perguntou Heller.

– Ah, sim... – os olhos de Salim tinham perdido o foco, pareciam mais profundos. – Estou vendo que você encontrou a Nizima.

– Salim – Heller disse com grande esforço –, essa é a Silvia.

– Oi, Salim – disse Silvia, educadamente.

– Nizima... – Salim lhe disse. Os olhos viraram para Heller.

– Ela é tão perfeita...

Silvia ficou vermelha.

Heller observou quando os lábios de Salim tremeram, sentiu um vazio no coração e um aperto no peito, na garganta.

– Estou tão feliz por ela estar aqui... – Salim lhe disse.

– Enéas escapou da cidade em chamas e foi para Roma. E ele encontrou você... Estou tão feliz por Nizima ter encontrado você. Ela está em casa. Ela veio ver você... Escolher esse lugar para viver.

Salim apanhou as mãos de ambos, unindo-as.
Heller e Silvia deram-se as mãos, instintivamente.
– Obrigado a vocês, jovens amantes... – Salim riu, ficando sério num segundo – mmm... obrigado a vocês dois...
Heller sentiu os dedos de Silvia passando por sua mão.
– Você vai se lembrar.... – disse Salim.
Heller não conseguiu dizer mais nada.
Ele assistiu a Salim adormecer outra vez.

Heller sabia o que precisava fazer no momento em que a enfermeira o chamou de lado para falar com ele, para perguntar-lhe sobre seu relacionamento com o paciente. Silvia ficou por perto enquanto ele tentava responder às perguntas que lhe eram feitas. A enfermeira explicou que não poderiam atender a todas as necessidades de Salim sem saber quem pagaria pelas despesas, de onde viria a verba para fazer novos testes. Heller ouvia e concordava com a cabeça.
– Eu tenho dinheiro – ele disse à enfermeira.
– Contanto que você...
– Eu tenho dinheiro.
– Mas nós não podemos garantir que ele vai sobreviver...
Heller pensou em Salim aprisionado dentro daquele corpo.
– Você aceita cheque? – ele perguntou.
Silvia o observou de perto, quando a enfermeira tirou uma caneta do bolso e apontou para a recepção.

CAPÍTULO 44

Anoitecia na cidade. A luz do sol asfixiada, o céu substituído por um horizonte pontilhado.

Heller e Silvia caminhavam à margem do rio, ao longo da avenida. O rio Hudson serpenteava, pequenas ondas batendo contra a calçada que o acompanhava. As luzes de Nova Jersey refletiam-se nas águas, a cidade em miniatura. Um relógio gigante, iluminado, do tamanho de um prédio, marcava a hora: 9:15h. A estátua da liberdade no horizonte. Atletas e ciclistas passavam correndo, algumas pessoas caminhando com seus cães, casais passeando para sentir o ar fresco.

Silvia estava de braço dado com Heller, ambos muito próximos, os ventos noturnos vindos do sul, de onde o World Trade Center os observava. Tudo estava quase como deveria ser, o fantasma de Salim ainda presente, flutuando entre eles.

– Você tem mesmo dinheiro suficiente para pagar as despesas de Salim?

– Pelo menos por alguns dias de internação – disse Heller.

– Ele não vai precisar de cirurgia, então, tenho algumas economias...

— Você realmente devia...

— Meu campeonato pode esperar... — Heller lhe disse.

— Você?

— O Campeonato da França pode esperar.

Eles continuaram em silêncio, chegaram até o Battery Park City.

Um barco passava, movimentando um pouco o fluxo firme das águas.

Heller e Silvia pararam. Encostaram-se na grade de metal e observaram o barco trocar de rota com outra embarcação. Silvia retirou o braço da cintura de Heller e manteve os olhos fixos na água.

— Quem é a Nizima?

— Salim é apaixonado por ela — disse Heller. — Ela se casou com outro cara. Lá na Turquia.

— Que triste.

— Sinto saudades do meu pai... — Silvia lhe disse.

— Olhe, Silvia, eu...

— Ele queria que eu andasse de bicicleta... — Silvia disse, projetando a voz para o passado, muito além da cidade, para outro lugar. — Ele queria que eu aprendesse a andar de bicicleta de qualquer jeito. Eu acho que eu também queria aprender. Não tenho certeza. Ele me colocou em cima da bicicleta, que era velha, diferente da sua. Uma bicicleta que tinha sido dele... Eu tentei pedalar um pouco e caí.

— Por isso você tem essa cicatriz na perna? — perguntou Heller, com a voz rouca.

A CIDADE EM CHAMAS

– A cicatriz da perna... – Silvia custou um pouco. – Depois... quando minha mãe veio ao hospital, eu fiz aquilo. Eu culpei o meu pai, eu disse que ele tinha me empurrado com força.

Heller estava começando a ficar tenso, dividido entre o desejo de ouvir a história dela, e o desejo de que ela esquecesse tudo aquilo, deixasse o passado para trás, mudasse de assunto.

– Meu pai joga – explicou ela. – E também bebe... Ele é *un perdido*, é assim que minha mãe sempre o chamava.

– *Un perdido?* – Heller perguntou, imitando o sotaque latino de Silvia.

– Ele é um trambiqueiro. Alguém que se perdeu na vida. Um perdedor... Mas, ele nunca me maltratou. Ele era um bom pai para mim. E quando eu contei para mamãe sobre o tombo da bicicleta... foi a gota d'água. Ela nos arrancou de Santiago. Ilegalmente. O divórcio é ilegal lá, e para que uma mãe saia do país com sua filha, o pai precisa assinar um documento... Nós fomos para Miami, depois de alguns anos, viemos para cá, de modo que ele não pudesse nos encontrar... Sinto saudades do meu pai... Ele era a única pessoa que realmente me fazia sorrir. Ele inventava umas caretas...

Heller conseguia sentir o arrependimento dela, a perda do pai, sabia mais a respeito disso do que ela, sabia o que os unira ali, à margem do rio, os dois juntos. Observou os olhos dela beijando as águas. Enfiou a mão no bolso de trás e tirou dele o cartão da agência. Silvia não reparou quando ele foi se sentar na ponta do rochedo, pensou que ele ainda estava ao lado dela.

239

— Silvia.

— Ei, mensageiro!

Caminhando pelo parque vinha Christoph Toussaint, de braço dado com Magaly DuBois.

Heller congelou sua decisão.

Magaly o encarou.

Afinal de contas, Heller estava vestindo sua camisa.

— Que mulher linda! — gritou Christoph, apontando para Silvia e continuando a caminhar.

Heller rapidamente enfiou o cartão de volta no bolso antes que Silvia o visse.

— Todo mundo na rua diz que você é uma mulher bonita — ele lhe disse.

— Como é que você conhece toda essa gente? — perguntou Silvia, espantada.

— Por causa do meu trabalho.

— Deve ser difícil entregar as mensagens.

— É sim.

Silvia suspirou.

— Como é?

— É... — Heller percebeu que realmente ficara pensando em como era e teve dificuldade para encontrar as palavras certas. — Eu fico feliz. Eu não sei por que, mas... é um momento que procuro no rosto das pessoas para as quais eu dou as mensagens. Como se houvesse uma verdade em suas faces. Algo muito real. Mais real do que tudo o que nos cerca, o zumbido, o ruído, os cartazes, as lojas, as telas de televisão... uma coisa honesta.

A CIDADE EM CHAMAS

– É assim que se sente quando anda de bicicleta?

– O mundo inteiro... – a voz de Heller oscilava, passando pelos lábios apertados. – Sinto que as pessoas poderiam, talvez em outra vida, ser capazes de fazer tantas coisas. Quando estou na minha bicicleta, é a única hora em que sinto que existe algo que precisa de nossa fé. Ter fé em alguma coisa, eu sempre me sinto... isolado.

Heller olhou para Silvia e viu o céu nos olhos dela.

Silvia o beijou.

Suavemente, os lábios pressionando os dele com delicadeza, só por um segundo.

Heller não conseguia tirar os olhos dela.

– Eu fui à sua lanchonete todo os dias, nos últimos seis meses – confessou ele numa voz quase inaudível.

– Eu queria ter visto você por lá – Silvia lhe disse.

– Tem outras coisas...

Silvia começou a rir, uma risada nervosa.

– O quê?

– O nome de sua lanchonete, Pão e outras coisas... acabo de perceber que é um nome estúpido.

Ela continuou a rir.

Então parou e o beijou outra vez.

Um beijo forte, lábios ligados. O leve toque das línguas, um sobressalto no estômago, os pulmões tentando guardar o ar. Heller sentiu como se ele inteiro, a cidade inteira, desmanchariam naquele beijo e voltariam a formar-se.

Sua imaginação nunca lhe trouxera cenas assim antes.

241

Silvia afastou-se, de olhos ainda fechados, abraçando Heller com força.

As cabeças se uniram.

As testas se tocaram.

— Ciclista — ela sussurrou sem fôlego —, como você se chama?

— Heller — ele conseguiu dizer entre duas inspirações — Heller Highland... eu trabalho na agência de notícias. Nós nos encontramos antes.

— Eu me lembro.

Eles se beijaram outra vez, intensa e incredulamente.

E mais

E mais...

CAPÍTULO 45

As ruas da cidade continuaram a brilhar fortemente, refletidas na água.

Os ponteiros de um relógio gigante do outro lado do rio tinham se deslocado para o horário de uma da manhã. Heller e Silvia podiam vê-lo do banco no qual estavam sentados, de pernas estendidas. Silvia estava apoiada em Heller. Ele a abraçava, os braços em volta da cintura. Contente. Feliz. Perfeito.

– Eu gosto de ficar com você – Silvia lhe disse.

– Eu também.

– Você parece o Tarzan falando.

Eles ficaram lá. Um frio os percorreu, trazido pelo vento.

Silvia pegou a mão de Heller e a colocou sobre o seio. O garoto manteve a mão tocando o seio, curioso com a sensação.

– Você gosta disso? – ele perguntou, a boca encostando-se ao ouvido dela.

– Gosto.

Silvia soltou um suspiro lento, fechou os olhos, respirou, o peito levantando-se sob a mão de Heller.

– Silvia...

– Mm? – Silvia murmurou sonhadora.
– Isso foi pura sorte... – Heller lhe disse. – A coisa estranha da sorte é que a gente não consegue entendê-la. A sorte não faz sentido até transformar-se em destino...
Heller continuou a falar, mais para si mesmo, as palavras que lhe vinham à mente.
– É difícil, porque existe um mundo cheio de dor. E às pessoas só resta o apego a Deus, a Alá, ou às suas lembranças... ou aos cavalinhos de madeira. Eu não sei o que é... mas existe algo.
Heller hesitou, apavorado.
– Eu só sei... que eu tinha uma mensagem para você. Eu não vou conseguir fazer isso por muito mais tempo, trabalhar como mensageiro, agora eu sei... e eu sinto muito sobre seu pai. Eu sinto tanto...
O ponteiro marcava uma hora e quinze minutos.
Heller aguardou pela resposta de Silvia, prendendo a respiração.
Mas a resposta veio na forma de um leve ronco.
Silvia tinha adormecido.
Heller engoliu cuidadosamente, preocupado em não despertá-la.
Suspirou.
Beijou os cabelos dela.
A água continuou a seguir seu curso no meio de tudo isso.

CAPÍTULO 46

A sirene de polícia os despertou.

Heller e Silvia murmuraram, mexeram-se, espreguiçaram-se.

O sol nascia e Heller novamente usava roupas que já devia ter trocado há muito tempo.

Silvia não parecia dar nenhuma importância a isso e o beijou com delicadeza.

– Oi – ela disse, rapidamente.

– Oi.

Eles se beijaram outra vez.

– Eu te acompanho até sua casa – ofereceu Heller.

– Vamos juntos – disse Silvia.

Ela o beijou novamente.

Ambos ficaram de pé, os músculos doloridos, sentindo-se bem.

Heller perdeu o fôlego, repentinamente.

Ele caminhou até o lugar onde deixara a bicicleta acorrentada há pouco menos de vinte e quatro horas. Agora nem havia sinal da corrente. Apenas um vazio.

– Não... – disse Heller.

– Ah, não... – Silvia ecoou sua voz.

Heller olhou à sua volta, com a esperança remota de que o ladrão ainda estivesse por perto. Alguns garotos se preparavam para acampar, a mãe lhes dizendo onde deveriam encontrar-se mais tarde. Alguns esquilos. Só isso.

– Minha bicicleta...

Silvia colocou a mão no ombro de Heller.

O garoto estava em estado de choque, incapaz de responder.

– Olha – Silvia tentou dizer –, venha para minha casa. A gente pode telefonar para a polícia. Nós vamos recuperar sua bicicleta...

Ela disse a mesma coisa na entrada do apartamento...

– Heller? Nós vamos encontrar sua bicicleta. Tudo vai dar certo...

Heller concordou com a cabeça.

Silvia enfiou a mão no bolso, apanhou a chave.

Abriu a porta, deixou que Heller entrasse.

Dimitri estava lá.

Foi o segundo susto que Heller levou enquanto a porta se fechava às suas costas. O primeiro foi que o apartamento estava totalmente iluminado. As venezianas, se é que existiam, estavam levantadas, e o sol parecia posicionado diretamente de fora. As paredes estavam brilhando de tão brancas, a luz refletindo-se nelas, sem uma única peça decorativa para atenuar aquele brilho.

E depois vinha o Dimitri.

Ele estava parado ao lado de uma mulher baixa, cheinha, com mechas loiras espalhadas no cabelo escuro. Ela devia ter por volta de trinta e tantos anos, Heller não precisou ser apresentado a ela para saber que se tratava de Elsa Martinez.

A mãe de Silvia.

Os olhos estavam secos, mas o resto da fisionomia revelava um estado de absoluto desespero.

Heller sabia o porquê, desconfiava que Dimitri também soubesse e imaginou que Silvia estava a ponto de descobrir.

– Dimitri – disse Heller.

– Heller – disse Dimitri.

– Silvia – disse Elsa.

– Mãe? – perguntou Silvia.

– Heller – Dimitri começou a dizer, o rosto impassível de um profissional –, em primeiro lugar, você está demitido.

– Heller, quem é esse cara? – perguntou Silvia.

– Meu patrão – disse Heller.

– Ex-patrão – Dimitri corrigiu. – O que será que você tem na cabeça, Heller? Não só desaparece do trabalho sem dar a menor satisfação, como também fico sabendo que a família da senhora Martinez não recebeu a notícia que lhe foi enviada.

– O que está acontecendo? – perguntou Silvia, sentindo uma súbita mudança em sua vida a partir daquele momento.

Os olhos de Dimitri se encheram de compaixão.

– Sinto muito que tenha que ser assim.

– Deixe que eu falo – implorou Heller.

– Não! – berrou Dimitri. – Você não trabalha mais para mim!

Heller virou-se para Silvia, apressado, fazendo de tudo para dizer-lhe antes de Dimitri.

– Silvia, eu precisava ter transmitido uma mensagem para você e não lhe disse nada.

Silvia deu um passo para trás, um sofrimento avassalador estampando-se em seu rosto.

– O que foi?

– Seu pai faleceu – Heller disse, de uma vez só. – Ele teve um ataque cardíaco. Eu tinha que lhe dizer isso ontem, mas eu não consegui...

– Saia daqui – disse Silvia.

– Silvia, eu não consegui porque ainda não estava pronto.

– Saia daqui! – Silvia gritou, empurrando-o porta afora, com lágrimas nos olhos.

– Silvia...

– Eu não acredito que você fez isso comigo.

Ela o empurrou pela porta e ficou parada, um poço de raiva.

Heller tentou dizer-lhe alguma coisa, as palavras não saíam...

– Heller... – começou Dimitri.

– Eu sei... – disse Heller, derrotado.

O rosto de Silvia contorceu-se. Ela explodiu em lágrimas e bateu a porta.

Heller ficou parado no saguão, sozinho. Ouvindo os soluços de Silvia do outro lado da porta. Ele a ouviu quando repetiu, soluçando, a notícia da morte de seu pai.

Ele fez menção de bater na porta, os dedos chegaram a tocar a madeira.

Não lhe restava mais nada a fazer, e ele deu alguns passos em direção à saída, tentando imaginar um jeito de resolver toda aquela situação.

Uma porta se abriu e Heller virou-se, esperançoso. Era a porta de outro apartamento. Uma criança de sete anos espreitava pela fresta da porta de sua casa. Heller levantou a mão como se quisesse cumprimentá-la, disse um alô.

A criança fechou a porta.

Heller saiu. A bicicleta continuava desaparecida.

Era uma quarta-feira pela manhã e já fazia uma semana inteira que Heller tinha dezesseis anos.

CAPÍTULO 47

O metrô sacudiu-se nos trilhos, os freios guincharam e faíscas iluminaram o subsolo escuro do lado de fora das janelas. O metrô estava lotado de gente, todos os assentos ocupados, as pessoas mal tinham espaço para manter-se de pé. Parecia uma sauna, de tão quente, o cheiro dos corpos espremidos uns nos outros era forte. Propaganda de cirurgia plástica. Propaganda de clubes mediterrâneos onde as areias eram brancas e a água limpa e pura.

Heller sentou-se entre dois operários da construção civil, os ombros largos de ambos pressionados contra o garoto o apertavam a cada virada do metrô. Ninguém olhava para ninguém. Os olhos todos para baixo. Cansaço e suor por debaixo dos uniformes.

A porta entre os carros se abriu e uma mulher com uma barriga enorme e um vestido de gravidez imundo entrou, com um copo de papel nas mãos. O cabelo preso em tranças. O rosto manchado e os lábios rachados.

– Com licença, pessoal. Desculpe se interrompo seu trajeto, e espero que vocês estejam num bom dia...

Ninguém se virou para olhá-la. Todos sabiam do que se tratava.

A CIDADE EM CHAMAS

– Senhoras e senhores, estou grávida de sete meses e não tenho onde ficar... – os olhos dela estavam envergonhados, a voz continha o tom monocórdio do desespero. – Eu perdi meu emprego. Eu não quero aborrecer vocês, mas estou com fome e me preocupo com o bebê e preciso de um lugar pra ficar...

Um a um, os passageiros começaram a prestar atenção. A mulher tinha uma qualidade indefinível. A cada palavra dela, fios invisíveis puxavam as cabeças, a de Heller, inclusive, e no final de sua fala, ele estava completamente hipnotizado, tomado por uma empatia insana e incontrolável.

– Eu só lhes peço uma pequena contribuição: um trocado, um pouco de comida, um endereço de um lugar para onde eu possa ir com meu bebê. Eu estou só e agradeço-lhes pela generosidade, de todo meu coração. Que Deus os abençoe...

Todos os rostos ficaram impávidos, duros, quando ela passou pelo corredor, lentamente, pedindo esmolas. Mesmo assim, quase todos enfiaram as mãos nos bolsos, as moedas tilintavam, ao caírem no copo dela.

– Muito obrigada, Deus lhe pague – ela dizia a cada doação. – Muito obrigada, Deus lhe pague, muito obrigada, Deus lhe pague... Obrigada, Obrigada, Deus lhe pague, Deus lhe dê em dobro...

Heller tinha gastado todo seu dinheiro com exceção de um quarto de dólar para pagar pela passagem do metrô. Ele jogou sua única moeda dentro da xícara e a seguiu com os olhos, enquanto ela ia passando pelo resto dos trabalhadores.

A grávida saiu do vagão, entrou no seguinte.

O metrô continuou a sacudir-se através dos túneis.

Três minutos depois, fez uma parada na rua 28.

Heller ficou de pé. Afastou-se dos dois operários.

Entrou na plataforma, o condutor e os alto-falantes já pediam para que o resto dos passageiros se afastasse das portas. Elas se fecharam e o trem partiu, rumo à sua próxima parada.

Heller esgueirou-se pela roleta com muita dificuldade, desprovido de energia.

Subiu as escadas, chegou na rua.

No final do quarteirão ele avistou a grávida. Ela estava parada na soleira, tirando uma coisa de dentro do vestido. Heller viu quando ela puxou para fora uma barriga de plástico. Ela pendurou a barriga no ombro e continuou a andar, os passos leves, a cabeça alta, a costa reta.

Heller não podia ver a expressão no rosto dela, mas tinha certeza de que, se pudesse, ela seria completamente diferente da mulher que ele vira no metrô.

Ela dissolveu-se no meio de um bando de garotos numa excursão de escola.

Heller tomou a direção oposta.

CAPÍTULO 48

O apartamento parecia vazio. Heller entrou e bateu a porta. Encostou-se nela.

– Heller?

Era a voz de Eric. Vinda da cozinha.

– Sim – respondeu Heller.

– Venha aqui, por favor.

Heller foi até a cozinha. Eric estava sentado na mesa. Florence estava apoiada no balcão, e naquele momento parecia muito entretida com a maçã que descascava. Ambos olharam para Heller com os rostos quase perdendo o controle.

– Por onde você andou? – perguntou Eric.

– Eu...

– Por onde você andou? – insistiu Florence.

Não havia como explicar.

– Eu sei que nós só somos seus avós – Eric prosseguiu, a raiva voltando lentamente –, mas do jeito que você tem andado nos últimos dias não tem desculpa, mesmo para duas pessoas sem a menor importância, como Florence e eu...

– A Silvia brigou comigo.

— Você tem dezesseis anos! – gritou Eric. Ele tentou acalmar-se, conseguiu fazer isso com muita dificuldade. – Dezesseis anos! Eu não me importo se a Silvia brigou com você. Você sabe o que é ficar a noite inteira acordado tentando imaginar se o neto ainda está vivo?

— Você sabe como é ter *dezesseis anos*? – gritou Heller, o corpo tremendo. – Você sabe? Existe um mundo inteiro para nós lá fora...

— Não venha me falar do que há lá fora...

— Eu digo...

— Você não sabe o que a Florence e eu já vimos, o que o seu pai e sua mãe já viram. *Você* não sabe como é o mundo lá fora, você é uma criança mimada!

— Não quero nem saber o que vocês já viram! – berrou Heller. – Não preciso ver o mundo para saber que não quero herdar nada do que vocês deixaram para mim! Nada!

— Bem, mas você vai receber sim – disse Florence, cortando a maçã calmamente... – quer queira ou não, Heller. É tudo seu.

Heller abriu a boca para responder e percebeu que seria uma futilidade. Seria inútil tentar explicar e inútil tentar compreender. Não havia por que discutir e estava claro que ninguém sairia ganhando.

O refrigerador estalou, começou a zumbir.

Eric, Florence e Heller não levaram o assunto adiante. Calaram-se.

Quando o telefone tocou, todos saltaram. Florence derrubou a faca no chão. Ela abaixou-se para apanhá-la enquanto Heller foi atender o telefone, atravessando a cozinha.

– Alô... – disse Heller, sem reconhecer a voz que perguntava por ele. – Sim, é ele mesmo.

Era do hospital.

O rosto de Heller escureceu-se e ele largou o telefone em menos de um minuto. Ele o desligou com um ruído suave.

Heller imaginou que Eric e Florence tivessem visto a cor desaparecer de seu rosto, a cor avermelhada do calor sumir e surgir uma palidez doentia. Eles se mexeram, imediatamente. A rigidez deles se dissolveu, o ar de autoridade sumiu sendo substituído pelo carinho de avós.

– O que foi? – perguntou Florence.

– ... Salim foi embora.

– O Salim? – Eric ficou confuso.

– Como assim? – perguntou Florence.

– Eles me disseram que ele sumiu do hospital ontem à noite. – Heller lhes disse. – Ninguém viu quando isso aconteceu.

– Salim estava hospitalizado?

– Preciso ir – disse Heller.

Ele se virou para partir, interrompeu os passos ao ouvir a voz de Eric:

– Heller...

Heller não voltou. Ele podia vê-los na cozinha aconchegante, ostentando a idade nos semblantes, o olhar de preocupação já tinha se tornado normal depois de tantos anos.

– Desculpe... – disse Heller, imaginando, sinceramente, a quem se dirigia. – Desculpe por tudo.

Ele saiu correndo da cozinha, desceu as escadas e correu a pé para descobrir se havia a possibilidade de encontrar seu amigo numa cidade de milhões de habitantes.

CAPÍTULO 49

Não foi difícil encontrar o prédio de Salim. Não foi difícil entrar nele – a tranca da porta de entrada ainda estava quebrada. Não foi difícil entrar na sala – a porta estava destrancada.

Heller parou na entrada.

O lugar todo estava vazio... As camas haviam desaparecido, as roupas, os poucos móveis, até mesmo os livros de Salim. Tudo tinha sumido. Só restavam as rachaduras nas paredes e o gotejar incessante de uma torneira quebrada no banheiro.

– O que você está fazendo aqui? – uma voz acusadora estalou às suas costas. Uma mulher grande, usando um vestido de bolinhas, estava postada na soleira, os olhos avermelhados e uma careta permanente esculpida na face.

– A senhora é a proprietária? – peguntou Heller.

– Tudo isso é minha propriedade – ela insistiu, nitidamente ostentando seu poder. – Este prédio inteiro me pertence.

– Para onde eles foram?

– Eles fugiram, desapareceram na noite passada. – Ela o encarou, com um ar de acusação. – Você não conhece de verdade esses árabes, não é?

– Eles não... – Heller calou-se, sentindo que poderia dizer uma bobagem... – Não conheço, não.

– Sabe que eles não tinham documentos.

– Eu não sei de nada... – disse Heller, consciente de que não havia necessidade de mentir para ela. Era a mais pura verdade. – Eu não estou sabendo de nada.

Ele passou correndo por ela, quase a derrubou no chão.

– Ei! – gritou ela, chamando-o enquanto ele descia voando pelas escadas. – Volte aqui outra vez, vou chamar a polícia, seu danado! Saia JÁ do meu prédio!

Ela ainda berrava quando Heller alcançou a rua.

No reflexo da janela de um carro estacionado, ele deu uma boa olhada em si mesmo. Heller estava totalmente detonado. As calçadas à sua frente pareciam estender-se até o infinito. Para onde ele devia ir, como fazer para pelo menos tentar começar a resolver as coisas...

Heller sentiu o colar tocando a pele do pescoço.

Ele correu para o bloco norte, olhou para a esquerda, para a direita, para todos os ângulos do cruzamento. Numa esquina ao lado, havia cabines telefônicas. Heller correu entre os pára-choques dos carros estacionados e entrou na primeira cabine que apareceu à sua frente. O fio do telefone estava arrebentado. Tentou entrar na segunda cabine; ouviu o ruído de linha. Heller enfiou a mão no bolso, lembrou-se da grávida do metrô.

Heller xingou, bateu o telefone. Sentiu-se perdido, num estado de delírio, saltou no meio dos pedestres da calçada e anunciou:

— Com licença, senhoras e senhores!

Algumas pessoas se viraram, algumas até pararam, e Heller continuou:

— Desculpe interromper o seu passeio, mas eu acabo de perder meu trabalho, minha bicicleta, minha namorada e provavelmente meu melhor amigo! Não dá pra consertar tudo isso, mas se alguém quiser me ajudar com uma moedinha, ficarei muito feliz! Eu não quero aborrecer ninguém, mas não tenho nenhuma outra opção! QUE DEUS OS ABENÇOE!

Heller terminou de falar com os braços abertos, o peito arfando.

Um cara bem magro, de vinte e poucos anos, de óculos e pomo de adão aproximou-se e colocou uma moeda na mão de Heller.

— Por favor – disse o estranho caridoso. – Só prometa que nunca mais fará isso!

— Eu prometo!

— Que bom! – Ele piscou e foi embora.

Heller voltou ao telefone, levantou o bocal.

Enfiou a mão no bolso, procurando um número de telefone. Tirou do bolso um cartão verde-claro, 4x8 – contendo a mensagem que Heller deveria ter transmitido a Silvia. Ele o amassou, irado, e o jogou no chão. Enfiou a mão no bolso outra vez e tirou outro cartão.

Heller discou com muito cuidado e teve que tentar três vezes antes de obter o sinal de toque.

Enquanto aguardava, o garoto surpreendeu-se cruzando os dedos, esperando pelo primeiro, de uma longa série de milagres.

CAPÍTULO 50

Benjamin Ibo ouviu a história inteira, atentamente. Heller falava rápido, sabendo que omitia muitos detalhes. Ele segurava firme na xícara de café que Benjamin lhe servira. O apartamento dele parecia diferente de quando ele aparecera a trabalho, há duas semanas. Não se parecia em nada com o apartamento do qual ele se recordava. Estava transformado. Parecia de alguma forma purificado.

Nada disso confortava Heller, e quando ele terminou de contar a história toda para Benjamin, quinze minutos tinham se passado. Benjamin concordou com a cabeça, debruçou-se sobre a mesa e colocou a mão no ombro de Heller.

– Ainda bem que você veio até mim para contar tudo isso – disse ele.

– Ainda bem que você estava em casa – uma risada nervosa escapou de Heller. – Eu realmente *não sei* mais o que fazer.

– Está tudo bem – Benjamin lhe garantiu. – Vamos começar assim...

Ele passou para outro quarto, voltou com uma lista telefônica e a jogou sobre a mesa fazendo barulho.

– Há quanto tempo você trabalha na agência? – Benjamin lhe perguntou.

– Há mais ou menos três meses, desde que as aulas acabaram.

– Três meses – Benjamin disse. – Você deve ter ajudado muita gente.

Heller balançou a cabeça.

– Eu tentei.

– Eu acho que você fez mais do que isso.

– Eu não acho.

– Eu acho que você está errado – Benjamin sentou-se, começou a dizer algo, mudou de idéia. – Sabe, eu não vou começar a discutir com você. Eu acho que ficar com essa história de *ver quem sofreu mais*, é uma atitude infantil e boba. Mas, te digo uma coisa, eu sofri e já fui testemunha de muito sofrimento, e só aceito derrota quando não resta nada mais a fazer além de cuidar das feridas na esperança de que algo melhor surja a partir dessa experiência. Se a falta de ação é a opção de alguns, tudo bem. Se não, então aceite que levou uma surra e *não ajude a vida a piorar seu sofrimento...* ela já capricha bem sem que você tente ajudá-la, não é mesmo, Heller?

Heller mordeu o lábio.

– Você tem boa memória? – perguntou Benjamin, abrindo a lista.

– Acima da média – respondeu Heller.

– Foi o que imaginei – disse Benjamin, satisfeito. Ele pegou uma caneta da mesa. – Agora me conte as histórias, Heller. Conte das pessoas que tinham problemas. E não mude os nomes...

A CIDADE EM CHAMAS

Heller começou a contar da primeira mensagem que entregou, a um homem chamado Raymundo Caneque, e Benjamin começou a procurar por ele na lista telefônica.

E assim ele continuou a fazer durante a manhã inteira, até o começo da tarde.

CAPÍTULO 51

Era inacreditável, mas estava acontecendo.

Heller observava de seu quarto, olhando pela fresta da porta que dava para a sala de estar, que se enchia a cada minuto que passava, após as cinco horas. Fregueses do passado, amigos de Salim, todos reunidos, sentados no sofá, nas poltronas, ou de pé, encostados na parede. A senhora Chiang, Christoph Toussaint, Velu, Durim Rukes, e muitos outros. O murmúrio de uma discussão como o ruído que precede a abertura das cortinas antes do início de uma ópera, todos na expectativa, esperando que o espetáculo começasse.

Eric e Florence estavam perto da porta, espantados em como haviam se envolvido na vida do neto no decorrer da última semana, considerando o fato de que quase não o tinham visto neste período.

— Você sabia que o Heller conhecia tanta gente? — Eric sussurrou para Florence.

— Eu nem sabia que *existia* tanta gente — confessou ela.

Heller não conseguia obrigar-se a enfrentá-los todos, e mantinha a porta separando-o daquele encontro, que já estava ficando confuso até que Benjamin Ibo disse:

A CIDADE EM CHAMAS

– Atenção, por favor!

A conversa morreu, todos os olhares se voltaram para Benjamin que ficou parado na frente de sua platéia. Ele aguardou até que todos fizessem silêncio para começar a falar, indo diretamente ao assunto:

– Esta cidade é imensa e não sabemos quanto tempo nos resta. Estamos em grande número, e isso é bom, mas, ao mesmo tempo, não precisamos sair por aí feito barata tonta, então... Quero deixar claro que qualquer informação, tanto concreta, quanto as pequenas dicas, devem ser notificadas a mim ou ao oficial McCullough.

O ruído da conversa voltou diante da menção à presença de um policial entre eles. McCullough apresentou-se. Ele vestia calças e uma camisa social de cor clara. Ele ergueu a mão e limpou a garganta...

– Reconheço alguns de vocês entre os presentes – a sala ficou silenciosa. – E embora alguns de vocês me reconheçam, saibam que não estou aqui como policial. Meu nome é Patrick.

Silêncio.

– Tudo bem – Benjamin sentiu-se mais à vontade. – Agora, precisamos fazer o seguinte... todos que tiverem telefone celular, levantem as mãos.

Todas as mãos se levantaram imediatamente.

– Tudo bem... – disse Benjamin. – Vamos fazer assim. Venham para mim ou para o Patrick e nós dividiremos vocês em grupos diferentes.

Ninguém se mexeu.

– Vamos à luta! – Benjamin declarou e todos entraram em atividade.

Heller fechou a porta. Caminhou até a janela, ouvindo o murmúrio das pessoas às suas costas. Tirou a foto de Silvia. Uma tristeza vazia o atravessou e ele percorreu os traços do rosto dela, com os dedos.

A porta se abriu.

– Ei, você vem?

Heller enfiou a foto dentro do exemplar de *Dom Quixote* que estava na beirada da janela.

Virou-se.

Rich Phillips estava parado de pé no meio do quarto.

De bermudas e camiseta da Nike.

– Rich... – disse Heller.

Rich Phillips examinou os cartazes de ciclistas, as miniaturas de bicicleta e as revistas.

– Olha só quanta coisa, não é o melhor por acaso.

– O que você está fazendo aqui?

– Eu vim com o Iggy.

– O que *ele* está fazendo aqui?

– Ele veio ajudar.

– E o que *você* está fazendo aqui novamente?

Rich levantou os ombros...

– Bom, você não tem celular, tem?

Heller balançou a cabeça, imaginando onde é que tudo aquilo ia acabar.

— Claro que não – disse Rich. – Você não tem nem mesmo um par de patins.

— Eu tenho um par de patins – disse Heller, na defensiva. – Eu os guardo no armário pra não ter que usá-los.

Rich deu uma risadinha.

— Você tem patins de verdade?

— Pronto, tome, eu te dou de presente...

Rich caminhou até o armário e o abriu. Apanhou os patins de Heller e os segurou de braço estendido como quem está segurando uma meia fedida.

Fez uma careta.

— Você chama isso aqui de patins? Essas porcarias que não servem pra nada?

— Richard – Heller estava quase perdendo a paciência. – Qual é a sua?

Richard soltou os patins e deu de ombros, de um jeito nada convincente.

— E eles me disseram que você ia receber um telefonema dos seus pais. Já que você não pode estar em dois lugares ao mesmo tempo, eu deixei o número do meu celular com os seus avós. Então, você pode vir conosco e não precisa se preocupar em perder o telefonema, já que você é praticamente o único adolescente em Nova York sem telefone celular.

— Eu não quero falar com meus pais de jeito nenhum.

— Bom, que pena.

— E eu não acho que você sabe nada disso – provocou Heller.

— Bom, eu não vejo como eu poderia...

— ... Os seus pais não estão em todas as partes do mundo, com exceção do lugar onde você estiver...

— Meus pais estão mortos.

Heller calou a boca.

Rich enfiou as mãos nos bolsos, impassível e direto.

— Quando eu tinha quinze anos. Acidente de avião, se você acredita nisso... Eu sei que de todas as pessoas, você, melhor do que ninguém, conhece a improbabilidade estatística de um acidente desses, mas... aconteceu. Fui criado pelo meu tio.

Heller recuperou a fala.

— Eu não sabia disso.

— Bem, agora você tem uma novidade para contar aos seus pais quando eles telefonarem.

Heller olhou para Rich Phillips, pensou, *Rich Phillips está no meu quarto.*

Rich tossiu, tirou as mãos dos bolsos e endireitou o corpo.

— E uma outra coisa — ele disse a Heller. — Pare de ficar implicando com tudo quanto é coisa. — Ele virou-se para a porta. — Eu juro por Deus, se a sua pele fosse mais fina, você seria transparente, seu pentelho.

— Richard?

Rich olhou por cima do ombro.

— O que é que você está fazendo aqui, de novo? — perguntou Heller.

Rich apalpou o bolso, tirou de dentro dele um telefone celular. Ele o entregou a Heller.

Heller estendeu o braço e o apanhou.

— Se você sair contando a minha vida por aí, acabo com você.

Heller concordou com a cabeça.

Rich Phillips saiu do quarto.

Heller foi até seu armário, apanhou a jaqueta e o seguiu.

CAPÍTULO 52

Durante aquele dia inteiro, todos procuraram por Salim.
 Heller, Rich e Christoph vasculharam as ruas que conheciam melhor. Velu e alguns outros caminharam pelo bairro do Village, perguntando por Salim aos ambulantes. Alguns deles, ao ouvir o nome de Salim, fecharam suas mesinhas e saíram à sua procura também. Alguns fregueses do Creole Nights percorreram os bares e pubs, arrancando informações das pessoas que tomavam suas cervejinhas.
 Os pontos de encontro foram marcados, as estratégias revistas, os bairros vizinhos assinalados em mapas e todos se espalharam pela cidade. Heller mal teve tempo de pensar naquilo tudo. Em alguns momentos, quando tinha consciência do que estava acontecendo, ficava clara a quantidade de esforços que estavam sendo feitos para resgatar um único homem. Sem que poemas fossem criados a respeito dele, sem histórias épicas para serem transmitidas às futuras gerações, ou tributos, notícias de primeira página, filmes da semana.
 O resto da cidade nunca parava enquanto Heller e o resto dos amigos recusavam-se a ceder.
 A noite se apresentou e chegou a hora de fazer o balanço do dia.

Todos se reuniram no Creole Nights. Bebidas altamente desejadas foram distribuídas entre o grupo de busca, todas as mesas foram ocupadas, todos trocaram anotações, passando informações para Benjamin Ibo, que ia de mesa em mesa apurando os resultados. Patrick McCullough e outros tinham virado a noite. Todos os outros compararam as agendas e já estavam se organizando para ver quem poderia procurar Salim no dia seguinte.

Heller ficou sentado no bar, bebendo um refrigerante. Até então, os esforços daquele dia não apresentavam resultados. Ele prestava muita atenção às conversas ao seu redor. Brincando com seu canudo, Heller tentava, principalmente, manter-se acordado.

— Ei, garoto...

Wanda, a garçonete, agora estava atrás do bar. Ela usava óculos naquela noite, de aros negros e largos, um toque intelectual que lhe emprestava um charme.

— Como andam as coisas? — ela perguntou, curiosa.

— Nada bem.

— Desculpe... — ela afastou o olhar, a mão esquerda no quadril, o braço direito sobre o estômago, a mão direita descansando sobre a esquerda.

— Você quer uma bebida?

— Eu já tenho uma... Mas, muito obrigado.

— Não, não, não... — ela esclareceu. — Eu quis dizer, você quer uma *bebida*?

— Não sei...

— Vai te esquentar um pouco...

– Já está bem quente desse jeito...
– Por dentro – disse ela. – Vai te animar por dentro.
Parecia legal. Heller precisava admitir.
– O que você recomenda? – perguntou ele.
– Algo que tenha um pouco de uísque...
Ela preparou dois copos e os encheu com uma bebida dourada.
Eles levantaram os copos e brindaram em silêncio.
Wanda deu um gole e bateu o copo no bar.
Heller não tomou seu uísque, ficou só segurando o copo. Ele podia sentir seu aroma e ele lhe lembrava da primeira noite com Salim. Sentado no Creole Nights, bebendo o uísque do Lucky com coca-cola. Estava tudo ali, boiando no seu copo.
– Eu não devia – disse Heller, colocando o copo no bar. – Salim diz que eu não devo beber.
Wanda olhou para Heller com uma compreensão profunda. Ela apanhou o copo dele, jogou a cabeça para trás, engolindo a bebida toda de uma vez só. Ela colocou o copo na mesa e pegou a mão de Heller, beijando-a levemente...
– O problema foi resolvido – ela disse e o deixou só com seus pensamentos.

Heller subiu as escadas de saída do Creole Nights.
Tirou o telefone celular do bolso e discou o número que Benjamin Ibo discara antes, apesar dos protestos de Heller.
Heller colocou o telefone no ouvido.
– Alô – disse a voz de Silvia.

A CIDADE EM CHAMAS

Heller desligou, fechou o telefone.
Fechou os olhos.
O telefone tocou.
Os olhos de Heller se arregalaram, o coração disparou.
Ele esticou a antena e respondeu do jeito mais calmo que conseguia imaginar.
– Alô?
– Heller...?
Era a voz de seu pai. Mesmo distorcida, Heller conseguia reconhecê-la.
– Pai...
– Você está bem?
Heller sentou-se nos degraus da escada do Creole Nights.
– Estou bem... – ele não sabia o que dizer. – Como vai você?
– Estou bem. Ouça. Eu só tenho um minuto, é difícil conseguir uma boa ligação aqui.
– É. Estou num telefone celular.
Houve estática e depois a voz de seu pai voltou. – Você tem um telefone celular?
– Não, é o telefone do Rich Phillips.
– Quem é esse Rich Phillips?
Heller percebeu que perdia o fôlego.
– Como está a mamãe?
– Ela está ótima... você aprendeu a andar com os patins que nós te demos?
– Bom... – Heller esfregou o rosto. – Estou aprendendo.
– Ah... que bom, Heller.

271

Trinta segundos de estática antes que seu pai voltasse a falar:

– Preciso desligar, Heller.

– Eu também.

– Logo voltaremos para casa, eu prometo.

– Tudo bem.

– Cuide-se.

– Tudo bem.

– Eu adoro você.

– Eu também.

Uma interferência súbita chiou nos ouvidos de Heller e depois disso, nada. A ligação caiu, ele fechou o telefone e o apertou contra a testa.

A porta do Creole Nights se abriu, um sino tocou.

Benjamin olhou para Heller como quem vem das profundezas.

– Você está bem, cara?

Heller fechou os olhos, murmurou uma resposta.

– Você precisa dormir um pouco... – Benjamin o aconselhou. – Foi isso que você me disse da primeira vez em que nos encontramos, quando você me falou da morte de minha mãe...

– Eu estou bem.

– Heller... – Benjamin subiu as escadas até ficar cara a cara com Heller. – Quase todos nós já encerramos por hoje. Eu não sei quanto tempo isso tudo vai levar, talvez dias, portanto, durma um pouco.

– Nós temos trabalho pra fazer...

A CIDADE EM CHAMAS

— Heller, você precisa dormir.

Heller suspirou. Ele *estava* cansado. O dia ainda passava por sua corrente sanguínea e ele quase sentia os dois goles de uísque que Wanda tomara no seu lugar, o corpo à beira de um colapso. Os nervos acabados. As pálpebras arranhando os olhos.

— Eu te vejo amanhã — ele disse a Benjamin.

— Ei... — Benjamin lhe deu uma nota de vinte dólares. — Pegue um táxi, Exu. Eu não quero que você desmaie de sono no metrô e acorde no Bronx.

Heller estava cansado demais para protestar.

Ele apanhou o dinheiro e saiu da calçada.

Quatro táxis passaram por ele antes que um deles finalmente se apiedasse e parasse.

CAPÍTULO 53

Heller não fez o que havia combinado.
Desceu pela rua Kenmare.
As luzes dos escritórios estavam apagadas. As lâmpadas de rua e o reflexo das telas de computador rompiam o escuro formando retalhos de luminosidade que se expandiam pelo chão, pelas paredes e escrivaninhas. As sombras dormiam assim como os telefones, o silêncio preenchendo todos os espaços possíveis dentro das salas vazias.
Heller parou no meio de tudo isso, despedindo-se. Ele sentia como se tivesse nascido num lugar como este. Não num hospital, como sempre haviam lhe contado, mas no centro nervoso dos acontecimentos depois do final do expediente. O conforto do silêncio absoluto.
A porta do escritório de Dimitri se abriu.
Heller virou-se.
Ele viu Dimitri parado na soleira, segurando um copo com um líquido transparente. Dimitri não parecia surpreso em vê-lo. Heller também não estava surpreso, e lhe ocorreu que Dimitri estivesse esperando por ele.
– Oi, Heller.

– Ei, Dimitri.

Dimitri passeou pela sala. Seus passos estavam fora de ritmo bem como o resto do corpo. Ele dirigiu-se até a escrivaninha diante de Heller e apoiou-se nela dando de costas para a janela. A luz das ruas entrando na sala por trás dele, ocultando o seu rosto.

– Então... – a voz de Dimitri era tão razoável como Heller nunca a ouvira antes. – Você pode me dizer como entrou aqui?

– Eu tenho minhas chaves – disse Heller, segurando-as. Elas brilhavam no escuro.

– E a combinação da tranca?

– Iggy me ensinou a combinação – disse Heller. – Faz uns dois meses, na verdade.

– O garoto tem língua solta.

– Solta mesmo.

Ambos ficaram em silêncio. Dimitri tomou um gole de seu drinque e colocou o copo na mesa. Heller o observou enquanto engolia e uma idéia bizarra lhe ocorreu:

– Então, agora que você não é mais o meu patrão, posso, tipo, pegar esse copo e jogar essa bebida na sua cabeça sem maiores conseqüências?

Dimitri deu uma gargalhada sonora.

– Eu não faria isso, no seu lugar, nunca irrite um russo.

– Eu estava só viajando.

– Existe alguma razão especial para você estar aqui?

– Vim limpar minha mesa.

– Você não tem uma mesa.

– Huh... – Heller olhou para o escritório, à sua volta. – Então deve ser por isso que estou demorando tanto.

– Você não tem nada para levar daqui – disse Dimitri, as palavras saindo meio enroladas.

– Bem, então, eu vim devolvê-las para você – disse Heller, colocando as chaves numa escrivaninha ao lado.

– Coloque essas chaves no seu bolso outra vez – disse Dimitri, subitamente sério.

– Do que você está falando?

– Eu te suspendo por uma semana, por respeito aos mortos – Dimitri disse. – Depois disso, você pode voltar ao trabalho.

Heller balançou a cabeça.

– Não volto, não.

– Você não ouviu o que eu disse?

– Você ficará bem sem mim, Dimitri.

– Nós precisamos de você aqui, Heller.

– Não precisam, não.

Dimitri olhou para o chão.

– Você não precisa mesmo – insistiu Heller suavemente. – Então, estou deixando minhas chaves. E não se preocupe com meu pai, eu sei lidar com ele.

Dimitri olhou para cima, o rosto ainda coberto...

– Então, você me faz um último favor?

– Sim?

– Deixe que eu conto para ele... – Dimitri parecia triste e aliviado. Levantou-se da mesa e começou a caminhar de volta ao escritório. – Deixe que eu explico, eu devo isso a ele.

— Eu acho que você já fez muito por meu pai – afirmou Heller atrás dele.

Dimitri fez uma pausa, parado na soleira mais uma vez, de costas para Heller.

— Você conta depois que eu falar com ele – disse ele.

Estava claro que era o fim da conversa e Heller não sentia que tinha nada mais a dizer àquele escritório abandonado.

— Boa sorte, Heller – disse Dimitri –, e feche a porta quando sair.

Dimitri fechou a própria porta.

Depois de um minuto a sós com seu antigo lugar de trabalho, Heller fez a mesma coisa.

CAPÍTULO 54

Heller dormiu. Um sono absoluto e infinito. Nem um sonho encantou seu inconsciente. Total inconsciência. Não-ser. Um mergulho nas sombras, confortável e absorvente. Nada além do pulsar do sangue, a respiração ressoando em algum lugar do escuro, o som das células se dividindo, guardadas por um manto de despojamento entorpecido.

Libertar-se da exaustão.

A voz de sua avó o despertou.

Heller mexeu-se, soltou um gemido alto. Ele rolou nas costas, enfiado num casulo de lençóis e cobertores. Através das pálpebras, ele sabia que algo estava errado com a luz que enchia o quarto.

— Que horas são? — ele perguntou, os olhos piscando.

— São duas da tarde, querido — disse Florence. — Você está dormindo há quinze horas.

— Droga — gritou Heller, sentando-se. — Eu preciso entrar em contato com o Benjamin.

— Você tem visita, Heller.

— Huh?

— Tem alguém aqui que quer te ver — disse Florence. — Uma mocinha, muito linda.

Heller respirou abruptamente, roncando, totalmente desperto.

— Sim, tudo bem — os olhos dele vasculharam o quarto, procurando pelas calças, qualquer par de calças. Diga-lhe para entrar, claro.

Florence saiu do quarto, fechando a porta.

Heller pulou da cama e correu para o armário. Os patins caíram das prateleiras, diretamente nos seus ombros, produzindo uma dor aguda. Heller afastou-os, arrancou um par de calças de um cabide e as vestiu, saltando pelo quarto.

Subiu o zíper da calça bem na hora em que a porta do quarto reabriu.

Silvia entrou, fez uma pausa quando o viu, seminu, o torso pálido e magro.

Heller ficou totalmente imóvel, imaginando que o quanto menos ele se movesse, menor seria a chance de estragar essa oportunidade.

Na mão de Silvia havia uma flor.

Um cravo. Vermelho.

Heller sorriu.

— Silvia... você está aí... Oi.

Silvia caminhou até ele, entregou-lhe a flor.

Heller a aceitou. O sorriso alargou-se e ele aproximou-se para abraçá-la.

Silvia o deteve com as mãos.

— Pare com isso — ela disse, a voz fria.

Heller ficou congelado. Silvia se afastou levemente, o rosto determinado. Procurou pela bolsa.

Tirou de dentro dela um cartão verde-claro.

4x8.

– Rich tinha que entregar isso – disse ela, simplesmente. – Ele disse que não conseguiria. Eu tinha passado no escritório, pra te procurar. Então, me ofereci para entregar o cartão.

Heller foi tomado por um medo intenso.

– Do que você está falando? – perguntou ele.

– *Caro Exu* – Silvia leu no cartão falando com o menor envolvimento possível –, *depois de todo o conforto que você me deu, eu gostaria de fazer o mesmo por você... Sinto muito em lhe dizer que nosso querido Salim Adasi não se encontra mais entre nós. Ele foi encontrado morto debaixo da ponte de Williamsburg, a poucas quadras da agência. A causa da morte ainda não foi determinada... Espero que você possa encontrar algum conforto em minhas condolências, assim como pude na sua mensagem... Benjamin Ibo.*

Quando Silvia terminou, um certo tom de vingança se infiltrara em sua voz.

– Hoje, *sou eu* quem está trabalhando na Agência de Mensagens – ela disse a Heller.

Heller ficou apático. Era quase confortável sentir tão pouco, a falta de qualquer coisa dentro dele. Silvia o acompanhou no silêncio. Heller deixou escapar o ar, sentiu que algo corria dentro dele juntamente com a próxima inspiração. Uma bola pequena, compacta, alimentada pelo próprio fato de ele estar vivo. Seja lá o que fosse, ela crescia mesmo enquanto ele estava lá, sem fazer nada, parado na sala sem camisa enquanto a luz da tarde se espirrava nos pés descalços.

Heller caminhou até a parede mais perto e arrancou um cartaz. Foi um ato totalmente visceral, a experiência absolutamente instintiva. O ruído do papel rasgado, a visão da parede nua por debaixo, como foi a sensação de ver a imagem de um campeão mundial de ciclismo virando uma bola sem nenhum significado.

A fachada de mensageira no rosto de Silvia vacilou.

Heller mal tinha consciência dela estar ali, observando-o. Num movimento lento, como se estivesse em transe, ele andou pelo quarto e começou a arrancar o resto dos cartazes, repetindo o processo e a cada cartaz seus pensamentos tomavam mais consciência daquilo que Silvia acabara de fazer.

Ela lhe retribuiu o favor.

Heller caminhou até as prateleiras, ganhou impulso, chutou para longe as miniaturas de bicicleta e bonecos da prateleira, alguns foram parar direto no cesto. Ele caminhou até a beira da cama, sentou-se e apanhou seu exemplar da *Eneida*, começou a rasgar as páginas.

Silvia finalmente falou.

– Isso não é um bom jeito de honrar um amigo querido.

Os olhos de Heller se abriram para a realidade, voltando ao quarto pela primeira vez.

Enfiou a mão debaixo do travesseiro e puxou o exemplar do *Dom Quixote*.

Abriu o livro na primeira página e a rasgou.

Olhou para verificar qual tinha sido a reação dela.

Mas só viu um ar de confusão.

Heller olhou de novo para o livro e viu a foto de Silvia ali, encostada na próxima página. Ele a pegou, fitou a foto por um longo tempo, uma lembrança que não lhe pertencia mais, nunca lhe pertencera, em primeiro lugar.

Ainda olhando para baixo, Heller esticou o braço, oferecendo a foto a Silvia.

Ela aproximou-se e pegou a foto. Ergueu-a até o rosto, reconhecendo-se.

As lágrimas cobriam os olhos de Heller.

– Eu não queria ser a pessoa a te contar – disse ele.

Heller começou a chorar.

Silvia ficou ao lado dele e o observou.

Heller enfiou o rosto nas mãos e chorou. Parecia que nunca conseguiria parar. Parecia que nada poderia ampará-lo e ele chorou até que seu rosto tivesse mais líquido do que pele, e os olhos ficassem tão inchados que quase não podia abri-los, o maxilar contraindo-se com a tensão de sustentar a dor da perda de um amigo que ele nunca mais veria.

Heller chorou e a cada vez que pensava que ia parar, começava a chorar de novo, cada soluço o lembrava por que ele estava lá e ele continuava...

... até que gradualmente foi parando.

As lágrimas pararam, os soluços se transformaram em ruídos isolados e uma dor lenta se espalhou por todo seu corpo, assim como um silêncio recém-descoberto.

Silvia não se movera.

Heller fechou o livro e o colocou de lado.

A CIDADE EM CHAMAS

– Talvez tudo dê certo – Silvia lhe disse. Não dava pra saber o que isso significava, se ela se importava, mas ela disse, de qualquer modo. – Talvez tudo fique bem, um dia.

Heller fungou, o nariz pingando.

– Você foi até a agência, procurando por mim?

Silvia pensou nisso.

Ela levantou a foto.

– Eu fui até a agência procurando isso.

Ela soltou a foto dentro da bolsa e saiu.

Heller ouviu a porta do apartamento abrindo e fechando. Ele soltou um suspiro trêmulo. As sobras do quarto o cercaram. Heller espreguiçou-se lentamente deitado de costas. Antes de perguntar-se como tudo isso estava acontecendo, ele já havia adormecido, só que, desta vez, teve pesadelos.

CAPÍTULO 55

Dois dias depois, Heller assistiu a Salim ser cremado numa cerimônia simples.

Todos os envolvidos na busca estavam sentados nas cadeiras do crematório, testemunhando os ritos finais. A manhã entrava através de algumas janelas.

A porta do forno aberta, como uma boca escancarada.

O caixão de Salim foi empurrado nas chamas.

Heller ficou parado diante do grupo, vestindo um terno descombinado, uma gravata que tinha encontrado no armário do avô. Ele leu o livro que Velu lhe dera no dia anterior, um poema de Nazim Hikmet.

Eu
Quero morrer diante de você.
Você acha que aquele que segue
Encontra o outro que foi na frente?
Eu não acho.
Seria melhor queimar-me.
E colocar as cinzas num vaso de vidro.
Faça o vaso

A CIDADE EM CHAMAS

De vidro claro,
De modo que possa me ver lá dentro...
Veja meu sacrifício: eu desisto de ser terra,
Eu desisto de ser flor,
Só para ficar perto de você
Então, quando você morrer,
Você pode vir para o meu vaso
E viveremos juntos
Até que uma noiva estonteante
Nos jogue fora.
Mas até esse dia estaremos tão misturados,
Que cairemos lado a lado,
Mergulharemos na terra juntos.
E talvez brotem flores silvestres.

Heller fechou o livro, voltou ao seu lugar. Não houve aplausos, só os comentários dos restantes, e durante o resto da cerimônia, cada um concentrou-se em seus próprios pensamentos.

E foi num vaso simples, transparente, que foram colocadas as cinzas de Salim.

O responsável pelos serviços funerários entregou-as a Heller.

Todos se levantaram para partir, formando uma longa fila. Cada pessoa dava a Heller seus pêsames, apertando-lhe a mão, abraços mais ou menos apertados na saída. Heller retribuía de acordo, ele sabia que a melancolia momentânea daquelas pessoas seria passageira, que logo depois eles se esqueceriam que as cinzas no vaso que ele segurava eram humanas.

Os avós de Heller se aproximaram.
– Você ficou bem de gravata – disse Eric.
Heller compreendeu.
– Vou guardá-la para mim.
Florence o abraçou.
– Você quer que a gente espere por você?
– Não, obrigado.
– Estaremos em casa... – disse Eric. – Por favor, você telefona para dizer se vai demorar?
– Sim.
Eles foram embora e Iggy ficou por perto.
Sem dizer nada.
– Você não devia estar no trabalho? – Heller lhe perguntou.
– Acredite se quiser, não recebemos um só telefonema, hoje.
– Eu não acredito, pra dizer a verdade...
Iggy deu de ombros, perdido.
– O mundo está descansando, eu acho.
– É...
– Richard não conseguiu sair do escritório, apesar de tudo. Ele mandou lembranças.
– Diga que eu agradeço.
Iggy hesitou, depois.
– O que foi que aconteceu entre vocês?
– De verdade? – Heller olhou à sua volta, não encontrou outro jeito de expressar-se. – Eu realmente não sei.
– Meu pai queria vir, mas... Você sabe como ele é.
– Diga-lhe que agradeço, de qualquer modo.

— Eu direi — concordou Iggy, apertou a mão de Heller e saiu, o último dos presentes.

Heller sentou-se numa cadeira, tentando compreender tudo aquilo.

Ele não estava conseguindo e o funcionário da funerária aproximou-se cautelosamente. O cara tinha um jeito estranho de andar, como se a parte superior de seu corpo mancasse e as pernas fossem perfeitas.

— Senhor, está chegando outro grupo...

Heller concordou, ficou de pé.

Saiu.

CAPÍTULO 56

O sol estava de matar naquele dia.

De torrar. Um deserto posando de oásis, e Heller parou para soltar a gravata antes de sair naquele calor infernal.

Silvia estava parada do lado de fora. Ao lado dela estava a antiga bicicleta, a ferrugem aumentando no guidão e na trava das rodas. Heller estava envolvido demais com os acontecimentos da manhã para surpreender-se.

– O que você vai fazer com as cinzas? – perguntou ela.

– Eu estava pensando... pensando em enviá-las para Nizima de modo que ela possa conservá-las.... – Heller terminou de soltar a gravata. – Mas não tenho muita certeza de que ela o amava tanto quanto Salim esperava, sabe?

– Eu sei que deve ter um correio aqui no bairro – sugeriu Silvia. – Vamos pensar nisso no caminho.

– Você está trabalhando na agência, hoje? – perguntou Heller, desconfiado.

– Não.

– Ah... – Heller tentou parecer bravo. – Então, você não vai, tipo, caminhar comigo até o correio e depois me dizer que meus pais morreram?

– Você quer mesmo falar dessas coisas, agora?
Heller realmente não queria.
– Não.
Silvia fez um gesto para que começassem a caminhar. Eles andaram e Silvia ia trazendo a bicicleta cuidadosamente.
Não havia correio no bairro e eles caminharam até a agência da Praça Washington. A fonte tinha quebrado e a água que havia sobrado estava evaporando lentamente. As reclamações dos turistas os alcançavam vindas dos quatro cantos do parque.
– Eu nem sei o endereço da Nizima – Heller disse a Silvia.
– Eu nem sei que jeito tem um endereço rural na Turquia.
– Você sabe onde pode consegui-lo? – perguntou Silvia.
– Onde você conseguiu a bicicleta?
– Eu a encontrei.
– Mesmo? – Heller estava incrédulo. – Você só encontrou e pronto?
– Eu tinha saído para dar uma volta – disse Silvia –, para decidir se ia ou não à cerimônia. Então, eu vi a bicicleta deitada no meio da rua, esperando para ser atropelada. Como se estivesse cometendo suicídio... – ela tampou os olhos com as mãos, tentando proteger-se da luz clara. – Então, pensei em salvá-la. Trazê-la para cá.
– Você perdeu a cerimônia.
– Eu tive que atravessar a cidade com a bicicleta.
– Se você soubesse andar de bicicleta, isso não seria um problema.

— Achei que você gostaria de tê-la. Usá-la até comprar uma nova.

— Eu não sei se comprarei outra.

— Você não quer nem experimentar essa, ver como ela está?

Heller pensou no assunto. Havia uma energia agressiva no parque, naquele dia, e era difícil não percebê-la. Ele balançou a cabeça, levantou o vaso de cinzas. — Preciso cuidar disso aqui.

— E o que eu faço com isso? — Silvia ergueu a roda dianteira da bicicleta.

— Eu não sei. Use.

— Você quer que eu ande nela?

— Por que não?

— Como é que eu vou aprender a andar nela?

— Eu não sei — disse Heller, um leve tom de impaciência o rondava. — Peça ajuda. Peça a alguém que te ensine.

— Eu não consigo — insistiu Silvia.

— Ei — Heller parou. — Ele não vai voltar...

Silvia olhou para ele, uma tristeza profunda percorrendo seu corpo juntamente com o suor.

— Eu não sei o que eu tenho de fazer — disse ela.

— Eu também não sei o que você tem de fazer.

— O que *você* sabe?

— Eu sei que, para andar de bicicleta, você começa pedalando.

— Eu vou cair...

— Mais de uma vez — Heller lhe disse. — Comece a pedalar.

Silvia contemplou a bicicleta.

— Você me ajuda a subir nisso?

Ao segurá-la, Heller tomou cuidado para que Silvia se colocasse confortavelmente no banco da bicicleta antes de levar as mãos até o quadril dela, para mantê-la equilibrada. Silvia colocou os pés nos pedais. Heller começou a caminhar, empurrando a bicicleta para a frente. A corrente voltou à vida, produzindo estalidos secos. Silvia começou a pedalar, insegura. Eles foram avançando, pouco a pouco. As pessoas passavam por eles, caminhando, outras correndo, outras em seus patins ou skates, todos chamando por Heller, reconhecendo-o como ciclista. Reconhecendo-o apesar do fato de seus pés estarem em solo firme.

— Continue pedalando — Heller a encorajou.

Ele soltou a bicicleta.

Observou Silvia deslizar alguns metros para a frente. Ela virou o guidão subitamente e caiu no chão. Heller ficou parado. Silvia tinha arranhado o queixo. Segurava a perna, lágrimas nos olhos.

Silvia olhou para Heller.

— Levante-se — ele lhe disse.

Silvia não se moveu.

Heller foi ao lado dela, ficou parado.

— Levante-se — repetiu ele. — Vamos, ande...

Silvia levantou a bicicleta e subiu nela outra vez. Olhou para Heller, à espera de que ele a encorajasse. Heller pensou em morder o lábio...

— Isso quer dizer que sou seu namorado outra vez? — perguntou ele.

– Você nunca foi meu namorado.

– E agora, eu sou seu namorado?

– Não... para todos os efeitos, você é meu instrutor.

Heller sorriu, mas um olhar de Silvia interrompeu o sorriso.

– Eu prometo a você – ela garantiu – que é só isso.

– Eu não sei se acredito totalmente.

– Bem, então, teremos que aprender...

Heller percebeu que faltava algo e concordou triste.

– Comece a pedalar – ele lhe disse.

Silvia ia começar a falar quando Heller a interrompeu.

– Você pode me dizer isso um outro dia – ele disse. – Vai.

Silvia pressionou o pé esquerdo, o ferimento brilhava vermelho ao longo da pele dela. Parecia que ela ia cair de novo. Forçando a perna direita, depois a esquerda, ela conseguiu firmar a bicicleta e continuar a andar.

– Vai – Heller disse, observando-a quando se afastava, rodeando a fonte uma vez e depois entrando numa rua lateral até desaparecer entre as árvores. Heller a viu afastar-se dele, imaginou quanto tempo demoraria até que ela aparecesse de novo.

Olhou para as cinzas em suas mãos.

– Você sabe de uma coisa, Salim? – ele disse, só agora percebendo toda sua incerteza. – Você sabe de uma coisa? Eu preciso de uma bebida daquelas – ele fez uma pausa. – Só hoje – ele disse, lembrando-se de Salim. – Acho que Deus irá compreender.

A CIDADE EM CHAMAS

Heller concordou consigo mesmo, depois abraçou as cinzas e caminhou na direção sul.

O sol batia em sua cabeça, e era provável que toda a população de Nova York se sentisse como se pudesse alcançá-lo e tocá-lo. A onda de calor envolvia todos, e duas pessoas começaram a discutir. Um não conseguia ouvir o outro e a briga virou física, de socos, os dois caíram na grama antes que um policial tivesse a chance de separá-los. Uma multidão se formou ao redor deles, torcendo ou xingando, ou simplesmente observando-os curiosos com as coisas que aconteciam no parque naquele dia.

Heller continuou a caminhar, pensando em tudo que já tinha acontecido. Ele não sorria, porque sabia que estava tudo bem.

É agora que está esquentando, pensou Heller.

Os termômetros da cidade concordaram em silêncio e os casais no parque sentiram a mesma coisa quando sorriram através de seus beijos, serenos no meio daquela cidade em chamas.

Este livro foi impresso na Editora JPA Ltda.,
Av. Brasil, 10.600 – Rio de Janeiro – RJ,
para a Editora Rocco Ltda.